仮題・中学殺人事件

辻　真先

推理小説の歴史をひもとけば、『黄色い部屋の謎』や『アクロイド殺害事件』のように、犯人の意外性で売り出した名作があまた存在する。ところがこれまで、どんな物語にも不可欠な人物であるのに、かつてこれを犯人に仕立てた推理小説というのは、ただの一編もなかった。読者＝犯人である。そのことに気づいた、推理作家たらんと志すかけだしのぼくは、犯人を読者に求めようとしたのだ。そう、この推理小説中に伏在する真犯人は、きみなんです！――推理小説の仕掛け人・辻真先の出発点となった名作登場。

登場人物

牧薩次……中学二年生、ポテト
可能キリコ……薩次の同級生、スーパー
可能克郎……夕刊サン記者
日置浜子……薩次、キリコの同級生
柳正子……薩次、キリコの同級生
尾島夫人……薩次、キリコの同級生の母親
大和田英樹……中学校の受付事務員
山添みはる……少女マンガ家
石黒竜樹……マンガの原作者
千晶留美……少女マンガ家
桂真佐喜……少年推理作家
加賀美清子……航空機事故の遺児
林一曹……航空防衛隊の元パイロット

仮題・中学殺人事件

辻　真先

創元推理文庫

PROVISIONAL TITLE:
JUNIOR HIGH SCHOOL MURDER CASE

by

Masaki Tsuji

1972,1990

目次

仮題・中学殺人事件

眉につばをつけま章

へエー。よほどきみは推理小説が好きなんだね。ありがとう、よくまあぼくのこんなヘタクソな話を、読む気になってくだすった。感謝するよ。

だけどさ、人間は一たんこうと思いこんだら、途中でシッポをまいちゃいけないぜ。脱線しがちな駄文にめげず、最後まで読み通すことを、おすすめします。

ところで質問。きみは事件の真犯人をだれだと思う？

ムチャいうな、事件のジもはじまってないぞ、小説はまだ第一ページじゃないか、と怒るだろうね。ごもっともだが、質問の意味はこうです。

推理小説の歴史をひもとけば、ルルーの名作『黄色い部屋の謎』[注1]は、＊＊が犯人という意外性で売り出した。クリスティの傑作『アクロイド殺害事件』[注2]では、＊＊が、犯人だった。被害者イコール犯人であったり、赤ん坊が犯人であったり、猿が犯人であったり、人形が犯人であったり、犯人が犯人であったり——いやこれは当たり前だな。

とにかく推理小説の作者は、つねに灰色の脳細胞を動員して、もっとも犯人らしくない人物が、犯人であった話を作ろうとしている。

その努力にもかかわらず、です。ここにひとり、どんな物語にも不可欠の人物がいながら、かつてこれを犯人に仕立てた推理小説がない。

その人物とは何者であるか。

読者である。

小説が存在するかぎり、読者も存在する。ぼくの愚作ですら、現にホラ、きみというものずきな読者がいるじゃないのさ。かくてぼく、推理作家たらんと志しているかけだしは、その処女長編推理小説[注3]において、犯人を読者に求めようとしているのだ。ジャジャーン！

いいかえよう……

この推理小説中に伏在する真犯人は、きみなんです。

そんなバカな、とまたしてもきみはいきりたつだろう。小説を読んでいるだけの私が、なぜ犯人にされちゃうのかって？

だから申し上げたはずである。最後までお読みなさい……とね。

注1　ガストン・ルルーはフランスの探偵作家。一九〇七年に書かれたこの傑作は、心理的トリックによる密室で評判となった。

注2　推理小説の女王クリスティについては、いまさら説明の必要もあるまい。一九二六年の作品。

注3　ぼくは男だけど、「処女」でいいのだろうか。

第一話・仮題

■名トリオ

薩次《さつじ》が、キリコの家にやってきた。

牧《まき》薩次、ときくと、チャンバラの名人みたいだが、本人はまだ中学二年生。それもいたって子供っぽい。アイスクリームを六杯食べ、トイレへ六ぺんはいっただの、おならを長短吹き分けてモールス信号にすれば、カンニングに便利だの、くだらないことばかりボソボソという。

中学生にもピンからキリまであって、大人ムードの女の子になると、四十がらみの世話女房みたいな口をきくし、ガキっぽいのは、図体ばかりでかくても精神的におむつをしてる。薩次は、どちらかといえばおむつ組だ――キリコはそう思っていた。いきおいキリコの言葉は姉さん女房じみてくる。

「アラアラふけがういてる。薩次くん頭洗ったの？　だめよ、バナナは手を洗ってから食べてちょうだい。そっち、そっち、その黒ずんでる方から食べてね。バナナはくさりかけがおいしいのよ。まんじゅうもあるわ。ただしこれ、つぶしアンよ。薩次くん、こしアンの方が好きだったかしら。ならツブツブのとこ、私が食べたげる」

どうでもいいけど、よくしゃべるね。大体において女の子はおしゃべりだが、キリコにくらべたら薩次は口がないみたいだ。なぜかというと、彼女のママは薩次を気に入っているから待遇がいい。次から次へ、お菓子や果物を出してくれるので、しゃべるヒマがないのである。

ママが気に入ってる理由は、薩次がおよそ二枚目ではないためだ。横幅が広くて、色が黒くて、眉が太くて、口がでかくて、まるで畑からとりたてのジャガイモである。反対にキリコは体がスラリとして、色が白くて、眉が細くて、口が小さくて、まるで海からとりたての人魚だった。

中学も二年といえば、互いに異性を意識する年ごろだ。ことにキリコみたいな、カスタムデラックスの美人は、危険きわまりない。男女共学なんて、黒アリの群れへ白砂糖をほうりこむようなものと思ってるママは、だから、およそ愛だの恋だのに縁のなさそうな薩次を信頼していた。キリコのママには、薩次が、ジャガイモじゃなくて、虫よけのナフタリンに見えるのだろう。

「やあ、牧くんか」

兄の克郎《かつろう》が、キリコの部屋の前を通りかかった。三流新聞夕刊サンの記者だが、本人はレスラーみたいにガッチリした体格だ。三本目のバナナを平らげようとしていた薩次だけれど、挨拶《あいさつ》しないわけにゆかない。

「こんにちは。何か面白いことないですか」

へんな挨拶だが、新聞記者という人種は年中面白いことを探しているんだから、けっこうこれで通用する。

「ねえなあ。おいキリコ、そん中に面白えのあったか」

どっかと座りこんだ克郎が、角ばったあごをしゃくった。机の上に、インクの香りもあたらしい本がいく冊か積んであった。商売がら、克郎は出版社に顔が広い。本の虫の妹のため、せっせと新刊を仕入れてくれるいい兄貴だ。むろんロハだから、キリコとしちゃ大して恩に着てはいない。いないけれど、読書欲旺盛な彼女は、カイコが桑を食《は》む勢いで、毎日のように届く本を猛然と読破する。

『罪と罰』『コナンと髑髏《どくろ》の都』『やさしい占星術』『英会話四週間』『のらくろ決死隊長』『ツァラトゥストラ』『近代経営戦略』『園芸AからZまで』『誰のために愛するか』『バーで女にもてるコツ』『銭ゲバ』『狭き門』『音楽概論』『テレビ修理法』『心理学総説』『トポロジーとはなにか』『大菩薩峠《だいぼさつとうげ》』『太平洋戦史――われらかく戦えり』『これが性教育』『空

手道早わかり』『新約聖書』……もうよそう。

いやもう病的な読書量だが、タダでくれる本だけ読もうというコンタンでは、いたし方ない。それでもキリコは、読んだうちの半分以上を身につけたと豪語する。事実『英会話四週間』を読んでから、めきめきと英語の成績があがったし、ニーチェを読んだあとは、めっぽうしゃべる言葉が高級になった。もっとも、次に読んだ落語全集のおかげで、さしひき元通りになったけど。本人にいわせると性《しょう》、素直なためだが、その学習能力は、一種天才じみていた。

そんな彼女が、珍しく自分の小遣いをはたいて買うのは、推理小説であった。それも、どちらかというと古典的なタンテイ小説ファンなので、スピレーンや大藪春彦の好きな克郎とよくもめる。

机上の新刊書は、推理小説というより活劇小説、ハードボイルド、ドンパチだったから、はたしてキリコは、ケチョンケチョンにけなした。

「つまんないったらありゃしない。やたらに血がしぶくばっかしでさ、はらわたがハミ出したり、頭がトマトみたいにつぶれたり。それなら玄白《げんぱく》の『解体新書』でも読んだ方がマシだわ」

「だから、女はバカなんだ。野獣の本能にあこがれる男のロマンがわからんのだよ。なあ、牧くん」

克郎に呼びかけられた薩次は、トロンとした目つきで、キリコの本棚からひっぱりだした『啄木歌集《たくぼく》』を読んでいた。

「人という人の心にひとりずつ囚人がいてうめく悲しさ……これも男のロマンでしょうか」

見かけによらぬか細い声で朗誦《ろうしょう》されて、克郎はズッコケた。

「きみの趣味は古いなあ」

「兄貴の神経が粗雑なのよ」

キリコが、ボーイフレンドをかばった。

「そういうザツな頭だから、本格推理読ませると、おしまいのページを先にめくるんだわ」

「だって、じれってえじゃねえか」

克郎はムキになると巻き舌になる。

「まず犯人の正体をつきとめておかねえと、落ち着いて読む気にならねえ」

「作家が聞いたら、泣くだろうな」

「だいたいだよ、おれも記者のはしくれだから知ってるが、現実の事件なんてものは、ずっと大ざっぱで、いい加減で、ハプニングなもんだ」

「それは事件を報道する、兄貴たちの脳味噌が安物だからよ。ハナマルキか神州一《しんしゅういち》の特上につめかえてもらったら？」

「おっ、いいやがったな」

「いいました」

「こいつ……兄貴を侮辱しやがって」

丸太みたいに、たくましい手をのばした克郎の鼻先へ、スイッとキリコのしなやかな手がのびた。

「神道流手刀《しんとうりゆうしゆとう》――水月《すいげつ》の構え」

昨日読みおえたばかりの『空手道早わかり』が、ここまで身についているのはさすがだ。

そういえば、彼女のニックネームを紹介するのを忘れていた。

可能《かのう》キリコ、尊称してスーパーと申し上げる。なにも彼女の家がスーパーマーケットを経営しているためではない。スーパーマンを省略しただけだ。

「おっ」

たじろいだ克郎の耳に、階下から呼ぶママの声がとびこんだ。

「電話ですよ、新聞社」

――この電話が、事件の発端になる。

しばらくすると、克郎はニタニタ笑いながらもどってきた。

「日曜だってのに仕事なの。かわいそう」

「へへ……実はそうなんだ。仲間の山辺《やまべ》がぶっ倒れてね。インタビューの助《すけ》っ人《と》さ。で、相手をだれだと思う」

「カンケイないでしょ」

「ところがあるんだなあ。マンガ家の山添《やまぞえ》みはる」

「あっ」

キリコはとびあがった。ムリもない、彼女にとって推理小説の次に好きな本といえば、マンガだ。その中でも最高にファンなのが、少女マンガの山添みはるである。

「兄貴、おねがい、連れてってン」

こうなるとスーパーもだらしがない。

「いやなこった。こちらは仕事なんだぞ、神聖な」

「そんなこといわずにさあ。彼女の家へのりこむの？」

「ちがう。西海《さいかい》国立公園へ取材に行った帰りをね、つかまえる約束だ」

「西海って九州の？　すると着くのは羽田《はねだ》……じゃないわね。彼女は飛行機が嫌いなんだから」

英語や空手のおぼえも早いが、こういうミーハー的話題にも、抜群の記憶力を発揮するキリコである。

「かもめで京都へ出て一泊、新幹線で東京駅ご帰還さ」

時計を見た克郎は、ちょっとあわてた。

「いかん……あと三十分だ」

可能家は南青山《みなみあおやま》だから、あまり時間に余裕がない。

「ねえ、行ってもいいでしょう」

なおも食いさがるキリコに、克郎は苦笑した。

「ついてきてはいかんが、偶然に足のむく方角が同じってこともある」

「話せる！　兄貴」

キリコは体中のバネをきかせて克郎にしがみつき、ほっぺたに盛大なキスの音をたてた。

「よせ、バカ」

照れる克郎を、面白くもなさそうに見ていた薩次が、つぶやいた。

「ぼくもスーパーの兄さんになればよかった」

けろりとしていう様子を、キリコのママに見られたら、いっぺんに信用を落とすところだが、むろんだれにも聞こえないようにしゃべっている。ひょっとしたら牧薩次、見かけよりずっと大人びているのかも知れない。

東京駅十八番線。臨時ひかり三〇二号は、定刻の十一時五十五分カッキリにすべりこんだ。ほとんど同時に、息せききって階段をかけあがってくる三人は、いうまでもなく克郎・キリコ・薩次だ。

「兄貴、彼女のシートナンバーは?」

キリコに聞かれて、手帳をめくる克郎、

「10号車三番のA」

「それなら北寄りよ、ビュッフェの手前についているグリーン車だわ」

日ごろ時刻表を愛読しているキリコだ。こういうときは、なまじっかな交通公社よりたよりになる。

「あれだ」

長いコンパスで、一気に突進しようとした克郎の足に、ブレーキがかかった。

「はてな?」

柱のかげにひそむのは、見おぼえのある私服刑事二人。ジャーナリストの嗅覚は、ただならぬ気配をとらえている。

「なにグズグズしてんのよ」

前へ出ようとしたキリコの腕を、克郎がつかんだ。

「おかしいぞ」

「え、どうして」

きょろきょろするキリコの視野に、突然華やかな色彩が降ってわいた。シルクタッチの真紅のドレスにパンタロン、胸に大粒の真珠がかがやいて、脇にはさんだスケッチブックをのぞけば、まるでタレントのようなスタイルで、10号車からおりた女性は、山添みはるだ。若い……といっても二十四、五だから、克郎と同年配である。

「あ」

山添先生、とのどまで出かかった言葉をのみこんで、キリコはうめいた。ホームにおり立つみはるの腕を、レディーへのエチケットと容疑者への警戒心半々に、そっととった男は刑事だ。押売りになったら成功しそうな、ドスのきいた声で、二人の刑事はみはるにささやいた。

「石黒《いしぐろ》氏が亡くなられたことは、ご存知ですな」

「いろいろと事情をお聞きしたいので、ご同道願えますね」

「はい」

その声は、駅の雑踏にのまれて、刑事の耳にすらはいらなかった。

次の瞬間、それでなくとも白いみはるの顔が、いっそう青ざめたと思うと、体が大きく前に傾いた。

「あっ」

彼女をはさんだ二人の刑事は、狼狽《ろうばい》した。棒のように、ホームへたたきつけられるみはる――スケッチブックが鳥の羽みたいに広がって落ちた。それを危うくとびこえて、みはるにかけよったのはキリコである。

「脳貧血だわ！　頭を低くするのよ、それから腰の下に……そう、そのカバンでいいわ。貸してください！」

おたつく刑事の手から、カバンをひったくって、みはるの腰にあてた。

「大丈夫。意識が回復したら、ブドウ酒をあげるの。兄さん、今のうちにもってきて！」

エンサイクロペディスト（むつかしい言葉だな。百科事典屋……もの知りってことです）の面目を発揮して、キリコが叱咤《しった》した。『看護の秘訣』を一週間前に読んだばかりである。

キリコは、ハンケチで、そっとみはるの顔をふいてやった。そのとき彼女の口が、わずかに動いて、キリコはあこがれの少女マンガ家がつぶやいた一言を、はっきり聞き取ることができた。

「私じゃない。私は殺さない……」

薩次はむろん克郎にも、さっぱり事情はわからなかったが、刑事の口にした石黒の名は、キリコだけが知っていた。石黒竜樹《たつき》――雑誌マンガの原作者である。

■特急「かもめ」

ひと口にマンガといっても近ごろのそれは、量的質的にいちじるしい変化を見せている。戦前のマンガが手工業なら、戦後マンガは産業革命の嵐をへて、流れ作業で完成する大量生産の消耗品だ。てなことは、この話を読むきみがとうにご存知だろうから省略する。ただ原作者とマンガ家について、一言くわえるなら、それは映画のシナリオライターと監督・俳優の関係にあたり、また建築における設計技師と施工業者の立場にも似ていた。作画技術が同レベルの場合、物語の良し悪しがそのまま作品の格差を生む。

マンガが貸本屋のよごれた棚で、息をひそめていた時代には、作者もストーリーを練る余裕があった。少しばかり話の筋があらっぽくても、読者になにかを伝えようとする熱気が欠点をカバーして、かえって迫力あるものにしていた。ところが、需要が圧倒的に増大して、作家が注文に追いまくられるようになると、一部のきたえぬかれたベテランをのぞいて、物語の手ぬきがあらわになってくる。ここで登場するのが、マンガ・劇画の原作者である。『ゴルゴ13』『無用ノ介』にはじまって、『子連れ狼』『ムサシ』を発表した小池一雄《こいけかずお》、『巨人の星』『タイガーマスク』から『愛と誠』にいたる梶原一騎《かじわらいっき》の名は、いまや一流小説家に匹敵するネーム・バリューを誇っている。注文を右から左へさばいて、しかも質をおとさないためには、中堅も新進も、原作者にたよらざるを得ない。少女マンガの世界でも、事情は似たようなものだったが、決定的にちがうのは男と女の差だ。ウーマンリブの女史たちがどう叫んでも、現実の問題として、なぜか原作者の大半は男性である。ロウティーンの女性を読者とする少女マンガは、ゆれ動く少女の心理を明快に、ハッタリをかませて描かねばならない。そして、世の中それほど器用に、女の子の気持ちがわかっちゃえる男は、多くあるまい。

石黒竜樹は、その貴重な男性のひとりであった。噂によると、相当なプレイボーイであったから、女性心理研究について、実地の訓練を積んだとみえる。三十を少し過ぎていながら独身で、八十キロの肉体に甘いマスクをのせ、体重のわりにはずっと瘦せてみえ、足が長かったそうだ。東西大在学中は演劇部に所属して脚本を勉強するかたわら、柔道三段の猛者《もさ》として選手権大会に出場とこうくれば、女性がワイワイさわいだってふしぎじゃない。

少女誌の編集にいる東西大の先輩の紹介で、石黒が最初に組んだマンガ家は、千晶留美《ちあきるみ》である。そのころ、少女マンガ家のトップスターは、山添みはるだった。原作を仰《あお》がなくても、彼女は十分にがっちりした物語を作る才能があったし、なにより清潔で洗練された画調が、都会の少女の好みに合っていた。

「そうなのよ。山添みはるの絵、とってもかわいいのよ」

彼女のマンガの魅力について、うっとりと語るとき、スーパーのキリコも、まことにあどけない中学生である。

「わかった。お前もかわいいよ」

克郎が、手をふった。

東京駅で、みはるを介抱したつぎの日のことだ。食後のひととき、遊びに来た薩次と、克郎にむかって、キリコが少女マンガの現在の情勢について講義中だった。

「私がかわいいのは、兄貴にいわれなくても自覚してるわ。ええと、どこまで話したっけ。そうそう、山添みはるにくらべると、千晶留美の絵はずっと泥臭いの。ところが原作者として起用された石黒竜樹は、それを逆手《さかて》にとったのね。甘いメロドラマの中に、遠慮会釈なく殺人や放火や強盗傷害事件が、それもおそろしくリアルな調子ではいってくるのよ。情念とか、怨念とかテーマにして。そうなるとなまじ小ぎれいな絵より、これでもかこれでもかって迫るようなどろどろした絵がむいているわけ。たとえば、ほら……代表作の『みどろが沼高校』シリーズの、『時計塔は十三時に鳴る』」

キリコ秘蔵のマンガ本を見せられて、克郎はぎょっとした。

「うええ、こいつはすげえ」

一コマ一コマ入念に書きこまれた劇画調の、どのページにも血がしぶく有様は、どこか土佐《とさ》絵《え》の無残美を思わせ、暗くおどろな雰囲気は、かつて少女マンガに一時代を画した、楳図《うめず》かずおの怪奇長編、あの凄味に通ずるものがあった。

「山添みはるは貧血でぶっ倒れたけど、こっちの千晶なんとかは血の気が多すぎるぜ。これがテレビ映画なら、スポンサーは血液銀行がいいや。山添より千晶の方が、よっぽど殺人犯にむいてらあ」

殺人犯。

そう、マンガの解説にばかり血道をあげていてはいけない。石黒竜樹を被害者、山添みはるを容疑者とする殺人事件は、すでに新聞やテレビで大々的に報道されたから、薩次もキリコもよく知っているが、知らないのは読者のきみである。

ざっとおさらいをすることにしよう。

石黒が殺されていたのは、佐賀市内だった。場所はM町というから、駅から歩いて七分ほどの、静かな住宅街の一角である。そこに千晶の生家があった。

「生家といっても、ここ二年だれも住んでいないんだ」

解説をくわえるのは、商売がら事件の一部始終を聞いてきた克郎である。

「見つけたのは、小学四年のガキ大将でね。空き家を舞台に、怪人ごっこの常連だったのさ」

そこで克郎は、首をひねった。

「怪獣ごっこというのは知っているが、怪人ごっこてえのは知らなかったなあ」

「動きのにぶいぬいぐるみより、はね回る怪人の方が、フィーリングに合うんでしょ……若い連中には」

「中学生のくせに、小学生を若い連中というんだからな」

「時代はうつろってるのよ。はい、それから？」

「それからって、つまり、台所のタタキで死んでいる石黒を見つけたんだ。心臓にナイフをおっ立てて、両手をこう突っ張らせて」

と、克郎はゼスチュアまじりに、

「目をむきだして、おねんねしてたとさ」

「いやだな。まるで、昼寝している幽霊の手つきだ」

薩次はきみわるがったが、キリコはびくともしない。

「ふうん、兄貴の話だと、少なくとも死後六時間はたってるわけね」

「な、なんだ。なぜ、そんなことが、わかる」

克郎の方が、きみわるがった。

「死後硬直は、ふつうあごからはじまるのよ。手がそんな工合にしゃっちょこばるのは、死んでから五、六時間かかるもの」

「原宿《はらじゆく》で、ミルクやビギの正札を見てるような口ぶりでやがる」

なげく兄貴にとりあおうともせず、

「死因は？　その胸の刺し傷ね」

「もちろん。あつらえたみたいな致命傷さ。眠ってる最中ならともかく、被害者は柔道三段の猛者だぜ」

「油断をみすまして、ぐさりとやったんでしょうか」

薩次が、いたって常識的な見解を披露した。

「まあね。そうとしか考えられんのだが、矛盾がある」

克郎はもったいぶった。

「現場に、はげしい格闘のあとがのこってるんだ」

「ふうん……心臓をぐさりとやられれば、三段だろうと名人だろうと、即死するわね。すると犯人は」

「体重八十キロの猛者と格闘して、ただ一撃であの世へ送りこんだことになる」

聞いていたキリコと薩次の目の前に、牛のようにでかい凶悪な犯人像が浮かんだ。ホシはレスラーか、ドラゴンか。

「犯行の前に、麻酔薬を嗅がしたんじゃない」

「あいにく解剖の結果、薬物を使用した形跡一切なし」

「ふうん」

キリコはまた鼻を鳴らした。

「それにしては、山添みはるはどう見ても強そうじゃないな……疑われた理由は？」

「うん。まず彼女には動機がある。千晶を人気作家に押しあげた、その原動力ということで、山添女史は石黒竜樹に目をつけた。自分専属のストーリーライターにひっこぬこうと、もくろんだのさ」

「ありそうなことだわ」

「ところが、石黒にことわられた。山添女史にしてみれば、面子《メンツ》丸つぶれの上、ひきぬきの一件を千晶にもらされたら、商売の道義に反するとイチャモンをつけられるだろう。山添が千晶にトップの座を奪われたのも、もとはといえば石黒のためだ。二重の意味で、石黒のいない方が山添にプラスとなる。

まあそんなわけで、警察は第一に山添みはるをマークした。すると彼女は、西海国立公園に取材に行ってるじゃないか」

いうまでもなく、九州の西北、平戸島《ひらどじま》から佐世保《させほ》・五島《ごとう》列島をふくむ、海洋美が売りものの公園である。

「事件の舞台はお隣の佐賀だ。こいつはいけると警察が判断したのも当然さ」

言葉は参考人でも、それに重要の二字がくっつけば、ニュアンスは容疑者に近い。

「アリバイはないの」

「ない。いや、立証できんというべきかな。本人は、事件の起こったころ、特急『かもめ』に乗っていたと主張するんだが」

――石黒の死体発見は、十月八日の夕刻六時すぎである。検死の結果は死後約七時間と出た。

誤差をおよそ一時間と見て、逆算すると午前十一時から正午が死亡時刻だ。一方、佐世保発十時三十分の特急『かもめ』は、終着駅京都に午後十時十八分に到着する。

「山添の主張通りなら、むろん石黒を殺す暇はない。しかし、彼女がずっと『かもめ』に乗り続けていたという証拠のないかぎり、アリバイは成立せんのだよ。『かもめ』は佐賀に停車する。これが午前十一時四十九分というから、犯行を推定した時間帯にぴったりおさまる」

「佐賀でおりて、石黒を殺したと想像できるのね」

「まあな。かねがねおれの説教する通り、現実の事件はドライで突発的でシリメツレツなもんさ。おいそれとアリバイの立証なんかできんし、まして小説の中みたいにアリバイ工作する犯人なんていやしない」

克郎が日ごろの意見をむしかえしたが、キリコは反対しようともせず、にこにこ笑っている。

「そうお。乗った特急が、『かもめ』なの」

「なにがおかしいんだい」

ふしぎそうに薩次がたずねたが、

「べつに。事件に関係ないと思うけど……でも、『かもめ』というのはね、ちょっと変わった特急なのよ。時刻表《ダイヤ》が好きな人なら、たいてい気がついていると思うわ」

「ダイヤもルビーも関係ねえさ。要するに犯人は、山添みはるだったんだ」

と、克郎が、それこそ関係のない結論で、おしゃべりをしめくくった。

「さて、行くか」

腰を浮かせた兄貴を見て、キリコがたずねた。

「また仕事なの」

「そうさ……山添みはるの代わりに、千晶留美のインタビュー。おっと!」

克郎はあわてて手をあげた。グローブみたいに大きな手だ。

「連れてゆくわけにはゆかないよ。会う場所が、バーだからね。いい子はおやすみ」

勝手なことをいって、部屋を出て行く。ひと呼吸して、キリコも立ちあがった。

「薩次くん、行こうよ」

「え……」

「兄貴のあとを追いかけるんだ」

「それは、しかし」

「行くの、行かないの、ひとりでも、私は行くわよ」

「はあ、もちろん行きます」

ジャガイモのとりえは、素直なところだ。店へおりたキリコは、

(どこへ行くの)

目でたずねるお母さんに、いとも気やすく手をあげてみせた。

「ちょっと、そこまで……兄貴についてくの」

兄とジャガイモと、ガードマンが二人いるとわかって安心したのだろう。お母さんはもう客の方へ顔をむけ営業笑いをうかべていた。行き先がバーだなんて、夢にも思っちゃいないはずだ。

■夜あそび万歳

表へ出た克郎は、予想通りタクシーを拾った。幸いここは青山《あおやま》通り、車を見つけるのに時間はかからない。キリコと薩次は、つづいて来たタクシーにとびのって、

「あの車をつけてちょうだい」

と、運転手にいう。大柄なキリコは、見ようによっては新米の婦人警官だけれど、薩次の方は、絶対に刑事に見えない。せいぜい少年探偵団の下っ端だから、運転手がバックミラーの中で、眉をひそめた。

「あれがどうかしたのかい」

「いま乗った客がね、このへんをあらし回る下着泥棒に似てるの」

「ふてえ野郎だな。よしっ」

本気になった運転手は、手に唾をつけてハンドルをにぎり直した。その様子に、薩次が心配そうな顔で、キリコにささやいた。

「大丈夫？」

「平気、平気。だいたい兄貴は、そういうムードあるんだから」

「違うよ……タクシー代」

「まかしとけって」

笑ったキリコが、出がけにつかんだバッグをあけてみせた。中に、寄せ木細工の小箱がはいっている。

「足りないときの用心に、貯金箱もってきたわ」

ありがたいことに、ゴールは近かったので、貯金箱をこわす必要もなかった。

「六本木《ろっぽんぎ》だね、ここ」

「そうよ、あ、前の車が停まったわ！　運転手さん、私たちもおろして」

「いいのかい、お嬢さん。なんなら、おれが加勢する」

と、のりだす運転手に、キリコが笑っていった。

「心配しなくても、かれ空手をやってるから」

かれというのが自分のことと気づいて、薩次は目を白黒させてごまかした。

「早く！　あの店へはいったよ。『アリババ』って看板、出てるだろう」

そばへ寄ると、「アリババ」ではなく、「アリババア」だった。

「へんな名」

「いつか兄貴に聞いたわ。有馬《ありま》っておばあさんが経営してるんだって……ごめんください」

いくらスーパーでも、バーへはいるのははじめてだから、くそマジメな声をかけて、ぶあつい木の扉を押した。はいると、すぐ左がカウンターの、せまい店である。酒とタバコの匂いがまざって、むうんと二人の鼻を衝《つ》く。

「いらっ……」

しゃい、といいかけたカウンターの中の女のひとは、看板通り六十すぎのおばあさんだった。二人を見て、歓迎の言葉を中止したおばあさんは、呆れ顔でいった。

「なあに、あんたたち」

キリコが答えるより早く、カウンターの奥で、克郎が怒鳴った。

「こいつら！　とうとうついてきやがった」

「おや、こちらのお知り合いかね」

「知り合いもくそもねえ、妹とボーイフレンドですよ。未成年者のくるところじゃねえといったのに！」

克郎の隣で、グラスをもったまま目を丸くしている女性が、千晶留美だろう。ファッションブックからぬけ出したような山添みはるにくらべると、こっちは目も鼻も顔も丸っこくて、服装もあまりぱっとしない。昨日上野《うえの》駅へ着いた、集団就職のお姉さんみたいに、野暮ったいが、その代わり健康な肌の色をしていた。

「あのう、千晶先生ですね」

キリコの面《つら》の皮は、「アリババア」の扉よりもぶあつい。がみがみいってる克郎をそっちのけで、さっさとマンガ家に挨拶した。

「兄がいつもお世話になってます」

「おほほ」

見かけよりかん高い声で、留美が笑った。

「いま、お兄さんからあなたのことを聞いてたの。マンガにくわしいんですってね」

「ええ、好きですから」

「『カトレア』読んでるかい」

だしぬけに、留美のむこうにいた男が口をはさんだ。『カトレア』というのは、留美が連載している、少女むけ週刊誌だ。

「ええ、むろん」

「ようし、話せる！」

男は、酒臭い息を吐いた。『カトレア』の編集者とみえ、カトレアの花をイラストした、大きな袋をかかえている。

「ファンのため、特別に見せてあげよう……千晶先生の傑作だ」

袋をどすんとカウンターに置いた編集者は、中から画稿をひっぱりだした。印刷にあたって縮小するため、手描きの原稿はいつも見る週刊誌の形よりずっと大きい。

「うわあ、すてきだ！」

キリコが歓声をあげると、隅っこで小さくなっていた薩次も来て、目をかがやかせた。

「連載中の『あやかしの鐘』ですね」

「そうだよ。たったいま、もらったばかりの最新作。先生、三十分前に大阪から帰ってきたところさ」

大阪？

では、千晶留美も関西に出かけていたのか。とっさにキリコは、殺人事件を思い出している。その横では、妹にさじを投げた克郎が、おなじ話題で、留美にインタビューをはじめていた。

「石黒氏が亡くなられたと聞いて、驚かれたでしょう」

「それは、もう」

あんなにかん高かった声が、別人のように小さくボリュームをおとしている。

「どこでニュースをお知りになりました」

「大阪の阪東《ばんどう》ホテルですわ。三日前から、ホテルを一歩も出ずに、『カトレア』のお仕事にかかりきりでしたの」

薩次が、ちらとキリコを見た。

うなずいて、キリコがささやいた。

「ホテルを出なかったのがほんとうなら、犯人じゃないといいたいのね」

薩次は照れたように笑った。その小声のやりとりを、酔っているはずの編集者は、ちゃんと耳に入れていたのだ。

「おかしなことをいうね、きみたち！」

かみつくような男の語気に、二人はびっくりしてふりかえった。

「なにかね、千晶先生が石黒先生を殺したとでも考えていたのかい」

店がせまいから、ボックス席でちびちび飲んでいた客まで驚き顔で視線を投げる。

「大阪から佐賀まで、何時間かかると思ってるんだ。彼女が昨日の朝九時に、部屋にいたことは、ルームサービスの朝食を運んだボーイが、確認しているんだぜ。現にこのおれも、正午ちょうどに阪東ホテルへ電話して、原稿のすすみぐあいを聞いたんだ。な、千晶先生」

「え……はい」

編集者の勢いにくらべて、留美はなぜかおどおどしていた。

(どうして、そんなにこだわるのかしら)

キリコは、二人の顔をかわるがわる見た。

(だいたい、千晶先生がへんよ。聞かれもしないのに、ホテルを一歩も出ないなんていうんだもの)

『カトレア』の編集者は、酔いにまかせて留美の画稿を掌でたたいた。

「佐賀を往復してちゃ、とてもこの原稿を描く暇はない。そうでしょう、千晶先生」

「そうよ」

自信なさそうに、うける留美だ。そのときキリコは、妙なことに気がついた。

「あら。へえ……」

「なんだ。なにか文句あるのか」

「この中ほど八ページにわたって、タチキリがないわ」

「タチキリ？」

問いかえしたのは、薩次である。

「うん。マンガってのは、コマ——四角なかこみに絵を描いて、話をすすめるのがふつうでしょ。でも、迫力を出すために、ときどきそのコマを外すことがあるの。こんなふうに」

キリコの白い指が原稿の一隅をおさえた。〝わーっ〟という主人公の悲鳴が大きくページ一ぱいにはみ出して、救いを求める手が、ぎりぎり紙の端っこへきている。

「この手法は、使いすぎると鼻につくといわれるけど、千晶先生はタブーを破って使いまくったの。私の記憶するかぎり、先生は三ページとつづけて、タチキリを使わなかったことがないわ……それなのに、どうして八ページも、絵がコマの中におさまっているのかしら」

編集者は、急にだまりこくってしまった。

「それは、使う必要がなかったからよ」

留美が、かん高い声で答えた。手にしたグラスの中で、琥珀《こはく》の液体がゆれているが、薩次には、それがウイスキーなのかブランデーなのかも、わからない。

「そうでしょうか」

キリコはひかなかった。

「お話はちょうど、クライマックスですわ。いつもの先生なら、ここぞとばかりタチキリの連続で、スリルをもりあげるのに……まるで、べつな人が描いたみたい」

「きみ!」

やにわに編集者の手がのびて、キリコの胸倉をつかんだ。いや、つかもうとしたのだが、わずかに早く身をひいたキリコが、あべこべに相手の手首をつかんでいる。

「いてて」

酔っぱらいが、顔をしかめた。

「『護身術入門』で読んだんです……手首のここに、急所があるって。よいしょ」

かけ声に合わせて、編集者はだらしなくひっくりかえった。

「くそお」

はね起きた編集者に、カウンターの中から有馬ばあさんの叱声《しっせい》がとんだ。

「およしなさい! 女の子相手にみっともない。警察を呼ぶわよ」

「呼ばなくても、ここにいる」

カウンターの奥から客が出てきた。黒い手帳をもっている。テレビの刑事もので、よく見かける図だ。これが劇画なら、登場人物一同の頭上に、ガーンという音が書きこまれるところだろう。誇張でなく、留美と編集者は、棍棒でガーンとやられたように、立ちすくんでいた。

■二人の容疑者

あくる朝配達された新聞は、事件のあたらしい容疑者として、千晶留美の名をかきたてていた。

阪東ホテルのボーイが証言したにもかかわらず、警察が留美に目をつけたのは、ファンの投書からだった。犯行当日の昼ごろ、留美の顔を佐賀市内で見かけたファンが数人いた。駅前の喫茶店コボタンは、棚にサービスのマンガ本をならべて、そうしたファンのたまり場として有名である。

留美のファンたちも、そこの常連だった。店にとぐろをまいている仲間に、彼女らは得意顔で告げたものだ。

「千晶留美がいたわよ、ね」

「うん、絶対彼女だわ。メガネをかけてごまかしてたけど」

「だって、彼女の生まれた家でしょ、あそこ。間違いなし！」

「青い顔して出て来たわね」

……つぎの日、殺人事件のニュースを読んだ仲間が、そのときの会話を思い出して警察に投書してきたのだ。

あらためて警察ではボーイをあたってみた。するとボーイは、机にむかった女性のうしろ姿を見ただけとわかった。そのときホテルの一室で、留美にかわってマンガを描いていたのは、こっそり東京から呼びよせたアシスタントだったのである。画稿を見て、即座に代筆を指摘したキリコは、さすが少女マンガの権威であった。

留美といっしょに警察へ連れてゆかれた編集者は、酔いもさめてしどろもどろだった。

「実は、ホテルへかけた電話のノイズが多くて、よく聞こえなかったんです。ホテルは彼女ひとりのはずですから、てっきりご本人の声と思って……え、出来あがったマンガを見て、代作とわからなかったかというんですか。そいつは刑事さん、ムリですよ。近ごろじゃ、先生より弟子のほうがうまい絵を描きますからねえ」

取り調べにあたった刑事は、こん畜生と思った。

うそをつけ……あんなキンキン声の留美を、ほかの女と勘違いするものか。半ば彼女をあやしいと考えながら、『カトレア』の看板である留美が疑われては大変と、呼吸を合わせてボロかくししていたにきまっている。

それにしても留美は、スタンドインを立ててまで、なぜ佐賀へ行ったのだろう。

問題の代作嬢は、べそをかきながらこういった。

「先生は、石黒先生と話し合うために出かけたんです。伊丹《いたみ》から飛行機で福岡に出て一泊してから——」

高いギャラでひきぬかれようとしたものの、石黒は相当に迷ったらしい。

「『かもめの翼は血で赤い』という原作を、山添さんのために書いたんだが、どうも気がすすまない。まだ仮題をつけたきりの話だが、きみの方がうまくこなしてくれそうだ。そんな風に石黒先生、おっしゃったそうです」

待ち合わせの場所を、佐賀駅前のコボタンにきめ、アシスタントを部屋にのこした留美は、あたふたと出かけた……。

話し合いがこじれ、石黒の裏切りを責めた留美が、かれを刺し殺すことも、十分に考えられる。にせアリバイを申し立てたおかげで、みはるより留美が、容疑者あつかいをうける羽目になったのも、むりはない。青くなった彼女は、うそをついた理由を、かん高い声でいいつのった。

「たしかに私は、石黒さんと会う予定で佐賀へゆきました。でもそれは、裏切りを責めるためじゃありません。なぜって、石黒さんにはもともと私から離れる気はなかったのですから。あまり山添さんがうるさいので、一本だけ原作を書いてやりたいがどうかと、事前に相談を受けたほどです。

ではなぜ、アシスタントを身代わりにしたとおっしゃるのですか。それは仕方ありません。石黒さんとの打ち合わせは、『カトレア』の競争誌『少女ストーリィ』の新連載についてですもの。石黒さんの考えでは、物語の舞台を柳川《やながわ》にしようということでした」

柳川は、佐賀の南にある、有名な水の町だ。

いつもまどろんでいるような古風で静かな町をバックに、石黒・千晶調の血みどろ絵巻をくりひろげる予定であったとみえる。

「石黒さんといっしょに、私は柳川にゆく約束だったんです。ええ、ちょうど映画の監督がロケハンに出かけるように、私たちマンガ家も実在の場所を舞台にするときは、できるだけ現地へ行って、そこの空気を吸うようにつとめていますわ。

はい、待ち合わせはマンガ喫茶のコボタンでした。でも、あそこにはうるさいファンが多いので、はいる前、窓から中の様子をうかがったんです。石黒さんの姿はありませんでしたわ。それで私、ふっと気がかわって、空き家のままほうってある家を見てこようと……ええ、すぐコボタンにもどるつもりでした。ところが！」

係官の前で、留美は恐怖の表情をつくってみせた。

「家の中に……死んでいたんです、石黒さんが！」

それならすぐ、警察へ届けるべきだろう。係官にその点を突かれると、留美は苦しげに答えたという。

「でも、そんなことをすれば、私が『カトレア』の仕事をほうり出したことがわかります。私を最初に売り出してくれたのは『カトレア』ですから、恩知らずといわれたくなかったんです」

　華やかなようでも、少女マンガ家の立場は弱い。実力のある男性マンガ家なら、どの雑誌に連載したって出版社から文句はこないが、編集者との個人的つながりの多い女性マンガ家は、いわばそれぞれの雑誌に育てられたようなものだ。人気作家になったのちも、関係は続く。『カトレア』系の作者は『少女ストーリィ』に顔を出さないし、『少女ストーリィ』のマンガ家が、『カトレア』に作品をのせることもない。

　そのタブーをやぶって、千晶ははじめて二大誌をかけもちしようとこころみたのだ。慎重を期したのは当然だった。

　そこで彼女は、石黒の死体を見捨てて大阪に帰り、結果として容疑をふかめてしまった。

「おまけに、ここにあらわれた新事実！」

と、大時代な調子で、キリコにしゃべるのは、克郎である。

「山添みはるに、アリバイが成立した！　彼女は『かもめ』に乗りっぱなしだったのさ」

「証人が見つかったんですか」

　反問したのは、例によってキリコの部屋へ遊びにきていた薩次だ。

「いた、いた。彼女が佐世保で乗りこんだ2号車に、たまたまファンの女の子がいてね。証人として名のりでたんだ」

「千晶留美は、ファンのおかげでアリバイがやぶれ、山添みはるは、アリバイ成立。世はさまざまですね」

「年のわりにしぶいことをいうね。もっともそのお嬢さん、徹夜で遊んでいた疲れで、発車して一時間もたつと、ぐうぐう高いびきだったらしい」

「それじゃ証人にならないわ」

「まあ待てよ。関門《かんもん》トンネルのあたりでさわぎがおこってね。目をさますと、急な腹痛で専務車掌にかかえられるように、山添みはるがあらわれたというのさ。列車は定刻通り走りつづけている。問題の佐賀駅も、わずか一分停車するだけだ。どう考えたって、途中下車して石黒を殺しに行く時間はないやね」

克郎は、妹を見た。

キリコが、さっきからにやにやと、からかい顔で笑っている。『ふしぎの国のアリス』の笑い猫みたいだ。

克郎はひとつ咳ばらいして、弁解した。

「そりゃあ昨日は、アリバイの立証はむつかしいといったよ。だが山添は有名人だ……ふつうの人間と違って、顔をおぼえられている。ごく特別な例なんだ。うん」

「偽証の可能性はありませんか」

と薩次が口をはさむ。

「熱狂的なファンなら、彼女を刑務所へ送りたくないでしょう」

「たしかにね。だがおれは、東京駅まで行って、車掌に確認してきたよ。佐賀を出た少しあとから、彼女がずっとビュッフェに入りびたっていたことを」

同時に、キリコの顔から笑いが消えた。だが、克郎は、妹の変化に気がつかない。

「勝負あったな」

と、鈍感な兄はいう。

「石黒が、山添の原作を書くことに、乗り気だったかどうか、今となってはたしかめようがない。山添の話では、仮題『かもめのナントカ』てえ原作は、ほんのテストケースでよ、近いうちに大長編をもらう約束だったとくる。こうなりゃ水かけ論さ。石黒がどっちのマンガ家に忠義立てする気かわからねえ以上、アリバイの証明された山添の勝ちだよ」

「アリバイは、ないわ」

キリコがいった。

「えっ」

「兄貴、耳がわるいの？　山添みはるにアリバイはないといったのよ」

「し、しかし」

あわてた克郎は、どもりながら、

「彼女はちゃんと『かもめ』に」

「そこが面白いところなの、『かもめ』という特急の……あら」

キリコは目をみはった。

「仮題が『かもめの翼は血で赤い』……ぴったりのタイトルだわ」

「ひとりで喜んでないで、はっきりさせろ」

克郎が怒鳴った。

「じゃあ、『かもめ』の証人はどうなるんだ。ファンがデタラメをいうことはありうるとして、専務車掌まで偽証したというのかよ。冗談じゃねえ」

巻き舌になる克郎に対して、あい変わらずボソボソとした口調で薩次がいった。

「ははあ。その車掌さんもファンだったから」

「え?」

思いがけぬ発言に、克郎はぎょっとした。

それはまあ、特急列車の車掌が少女マンガを読んでいけないという規則はない。いい年をしたおっさんが、宝塚歌劇《たからづかかげき》のマニアって場合もある。

「そうじゃないわ、薩次くん」

キリコはあっさり否定した。

「ファンも車掌さんも、本当のことをいってる。だけど山添みはるには、石黒竜樹を殺すチャンスがあったのよ」

「おいおい、しっかりしてくれ。『かもめ』は定刻に出て、定刻に着いたんだぜ。佐賀で途中下車したとすると、山添はどうやって『かもめ』に追いつけるんだ」

「飛行機を使ったらどうでしょう」

また薩次がいった。

「飛行機？」

北九州はほかの地方とちがって、網の目のように航空網が張られている。福岡、北九州、長崎、熊本、大分、福江《ふくえ》、壱岐《いき》。

「だが、佐賀県だけには空港がないんだ。もよりの長崎空港へかけつけても、とうてい門《も》司《じ》に着くまでに『かもめ』へ乗りこむことは不可能だ」

「門司はとまらないのよ、兄貴」

キリコが訂正する。

「北九州の市内で、『かもめ』が停車するのは小倉《こくら》だけ」

時刻表を暗記しているキリコにはかなわない。

「なら、なおさらじゃねえか」

克郎がほおをふくらませた。

「それとも、セスナかヘリを使ったというのか」

「できっこないわ。あの日は熱帯性低気圧が東シナ海を通過して、九州地方の空港は全部閉鎖されてたのよ」

「あ、そうだっけな。ちえっ、それを知ってるなら早くいえ！」

「いくら車をとばしても、高速道路のない地方では、特急と競走するのは無理でしょうね」

キリコは自分から、可能性をひとつずつつぶしてゆく。

「見ろ、脈はねえじゃねえか。だいたい、マンガを読んでもピンとくるよな。おとなしいムードの山添と、血みどろマンガの千晶をくらべりゃ、人を殺せるのは千晶の方にきまってらぁ」

乱暴な議論だが、薩次は大まじめで切り返した。

「それはあべこべだと思います」

「何だって」

「ふだん、紙の上に血をまきちらしている人は、かえって手を出さないと思いますよ。きれいごとのメロドラマでお茶をにごしている作者の方が、案外、残酷なところがありそうだな。例えば、キリコさんです。男まさりでシャキシャキしてるからこそ、心情はぐっと女性的だとにらむんですが……」

「女性的ねえ、こいつが」

克郎はあらためて、キリコを見た。セーターの胸が、拳固をいれたぐらいに二つ、ふくらんでいるのを見れば、

「男でねえことは、たしかだけどよ」

風向きが変わったのを見てとってか、キリコはスイと立ちあがった。

「私、ちょっと出かけてくる。兄貴も連れてったげるから、先方に電話かけてよ」

「どこへゆくんだ、今ごろ」

早めに夕食はすんでいるが、急テンポで暮れる秋の日だ、外はもう真っ暗でおまけに風が唸りをたてていた。今年は台風の大当たり、中心付近の気圧九六五ミリバールというやつが、潮岬《しおのみさき》付近に上陸の気配とかで、関東地方もその余波をうけていた。

だがキリコは平気な顔だ。

「近いから大丈夫よ、神宮前《じんぐうまえ》」

「神宮前！　友達の家か」

「友達なら、ここにひとりいるけど」

さすがに薩次が、不満そうな声をあげた。

「だから薩次くんもいらっしゃい。行き先は山添みはる邸」

「えっ」

「彼女のアリバイをぶっこわしに行くの」

ニコッと笑うと、子供っぽい表情になる。いくらスーパーでも、まだ中学生だった。

■私にも殺せます

国電の原宿駅から一直線に青山へのびる表参道《おもてさんどう》は、東京でも最高に属する散歩道だ。

幅広い並木道と、道の左右に林立する高級マンションの意匠がしっくりと調和して、大げさにいうとパリみたいだ。もっとも、克郎もキリコも薩次も、本物のパリへ行ったことはない。

「行ったことはないけどさ、パリの町にはこんなヤボったいものはないわね、きっと」

キリコが指さしたのは、歩道橋だ。

「おい、話をそらすなよ」

克郎は声を大きくした。南青山からテクってくる途中、話題になっていたのはいうまでもない、山添のアリバイのどこに穴があったのか。もうひとつ、出かける直前キリコは克郎の会社へ電話していた。相手は克郎の後輩で山辺——マンガをふくめた芸能欄の担当者で、先日、過労でぶっ倒れ、克郎が山添嬢を迎えに出る原因をつくった男である。

「いったい、何の用があったんだ」

「エヘヘ、兄貴にいっときますけどね、ホームズはワトスンに、事件の中途でぺらぺらと自分の推理をしゃべったでしょうか」

「すると何かよ。お前はおれをワトスンだというのか」

「まあ、ね」

「じゃあ、ぼくはだれになるのかな」

　薩次がぶつぶつとつぶやいた。

「ワトスン役はひとりで沢山だ。キリコさんがホームズのつもりなら、ぼくはブラウン神父がいいや」

　結局、キリコが何を考えているかわからないうちに、三人は山添の家に着いた。

　家といってもマンションの一室だが、エレベーターで十階へのぼったそのすぐ前が玄関なので、まるで個人の邸を訪ねたような雰囲気である。三人の訪問は、先ほど克郎の名で予告してあった。東京駅で介抱した記者が、日をあらためてのインタビューというふれこみだ。

「さすがは、人気マンガ家だな」

　玄関わきの応接室に通されて、克郎はしきりと感心している。シャンデリアに、マントルピースと型通りの調度だが、素人目にもお金がかかっていることがわかる。レースとビロードの二重になったカーテンが半ば開いて、バルコニーごしに渋谷の灯《ひ》の海がひろがり、

「すてきね。こんな家に一度でいいから住みたいわ」

ホームズ気取りのキリコまで、ため息をもらすところはやはり女の子だ。そこへゆくと、

「冷暖房があるのにマントルピースなんて、意味ないと思うなあ」

薩次がそうもらしたのは、彼ひとりが目をくもらされていない証拠だった。

やがて、邸の女主人があらわれた。軽快なデニムのジーパンで、今にもハイキングに出かけそうなスタイルの山添が、先日の礼をのべると、克郎はあらかじめ打ち合わせした通り、キリコにバトンタッチした。

「実は、この二人があなたの大ファンでして、マンガに門外漢のぼくよりずっと的を射た質問をすると思ったものですから」

山添としても、ジャガイモ然たる薩次はともかく、キリコのような美少女がファンというのは嬉しかったらしい。

「どんな作品が、お気に召して？」

にこにこと口火を切るのに対して、キリコは矢つぎばやに答えた。

「『まぼろしの恋』、『冬来りなば』、『ウィーン小夜曲《セレナーデ》』、『銀いろの矢』、この四本ですわ」

「あら、みんなアンハッピーエンドばかり。悲しいマンガがお好きなのね」

「はい。悲しい性格のヒロインが好きなんです」

「そういえば、どのお話もヒロインが罪を犯して追われているわ」

「私、思うんです。人間はだれでも犯罪者になる可能性をもってるって……どんなはずみ

で人を殺すかもしれません。私だって、先生だって」

　このとき、キリコの目は、まばたきもせず山添の姿にそそがれていた。だから、ほんの少し山添の視線がゆれ、テーブルに置いた手がふるえたことも、ちゃんと見きわめていた。

「先生のマンガは、よく読むとてもこわいんです。表むきロマンチックで美しいから、いっそうこわくなっちゃいます……どんなお話ですの、石黒先生の原作？」

　ふいにキリコがいいだしたものだから、くわえたばかりのタバコが、山添の口から落ちてしまった。

「竜樹さんの原作ですって！」

「はい。兄と同じ会社の山辺さんにお聞きしました。傑作ですってね。いつも千晶先生のために書いてるお話と違って、うんと心理的なスリラーでしょう」

「え、ええ、そんなことをおしゃべりしたわね」

　キリコの言葉で、克郎もやっと思い出していた。たしか一週間前の芸能欄に、山辺が書いていた。山添が石黒に原作を依頼したこと、あらすじは恋を裏切った青年を、少女が殺害したものの、偶然が味方して完全犯罪となる。しかし良心のとがめに耐えられなくなった少女は、最後に自殺する——というものだった。

「石黒先生は亡くなったけど、早く読みたいわ、そのマンガ」

「いいえ、あれはね」

あきらかに、山添はうろたえていた。

「あれはほんのテストとしていただいた原作なの。残念だけど、マンガにはしないわ」

「まあ、もったいない。題名なんといったっけ」

「タイトルだって、ついてなかったのよ。そんなお話より……」

逃げようとする山添に、キリコは追いすがった。

「仮題なら、知っていますわ。『かもめの翼は血で赤い』……でも私なら題名をこうつけます。『かもめの客は血で赤い！』」

山添の顔がスーッと白くなった。急に血の気を失った唇が、パクパクと動いて、

「なんのことです！」

表情とは逆に語気が荒くなったが、キリコはいっこう感じない。

「私、マンガファンでしょ。ずっと前、こんな記事を読みました……石黒先生はこり性なので、物語に沿って、実際の場所で自分が登場人物になって動いてみる」

山添の唇はなおもふるえたが、もう声らしい声を発する元気もないようだった。

「アメリカ映画にありましたわ。ジャック・レモンの演じたマンガ家が、活劇ものを描くため、映画のロケーションみたいに、大勢の役者を使ってアクションさせる……石黒先生も自分の原作をマンガ化するのに、それぐらいの手間を払おうと考えたんでしょう。

青年は少女を裏切って、刺し殺された。この場面の青年を、石黒先生自身でおやりにな

ったとしたら――」

だしぬけに克郎がうめいた。

「犯人は少女役を演じたんだ！」

「名推理よ」

キリコがひやかすのもかまわず、克郎は興奮して続けた。

「殺す芝居とみせかけて本当に殺す……こんな簡単で確実な殺人はねえ。格闘の跡も芝居のプログラムとしてあったんだ。いよいよ刺す段になって、犯人は本物のナイフの刃を本物の心臓へぶちこんだ……

被害者は、あっという間に天国ゆきよ。そいつがわからなきゃ、黒帯の猛者と格闘の上、ただ一撃で仕止めたという、おっそろしい犯人像ができちまう。だがその実は――」

「私にも殺せます、とおっしゃるの」

青い顔で、必死に冗談めかす山添が痛々しかった。

「ほほほ。おかしいわ」

■時刻表《ダイヤ》をどうぞＡ

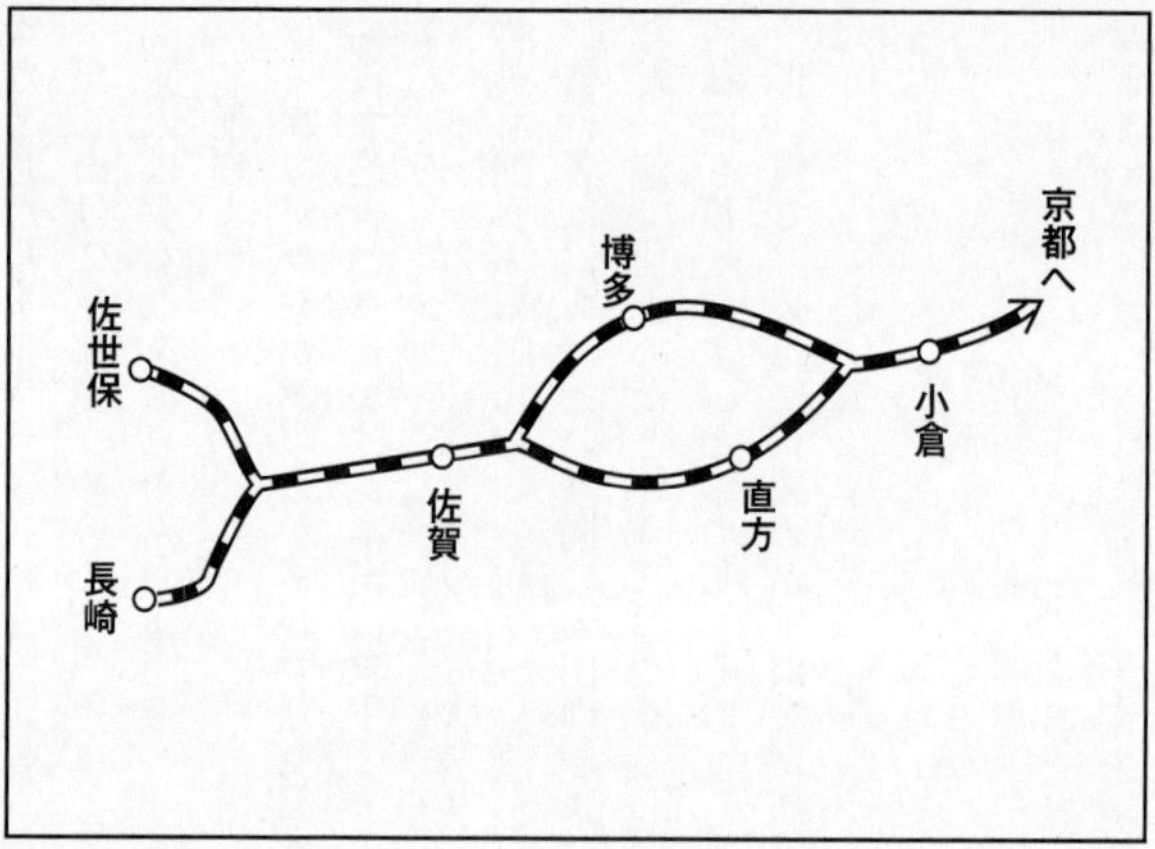

ひきつるように、山添が笑いだした。

「そんなにあやしい私だったら、なぜ警察が帰したのかしら。『かもめ』の証人たちはどうなるの」

「どうもなりません」

キリコがはねかえした。

「証人はそのままで、山添先生は佐賀の現場に往復できます……だって佐賀駅には一日二本、上り『かもめ』がとまるんだもの」

「上り『かもめ』が二本？　どういう意味だ」

克郎が聞けば、

「第一『かもめ』と、第二『かもめ』があるのかな」

薩次もふしぎそうである。

「そうね。特急もひばりのように下りだけで七本も走る場合があるわ。でも『かもめ』は、ただの一本きり」

「その一本が、なぜ二度にわかれて発車するんだよ！」

克郎はかんしゃくを起こした。だいたいこの兄貴は、時刻表だの電話帳だの数字が並んでいるものに弱い。

「佐世保から来る『かもめ』と、長崎始発の『かもめ』があるからよ。べつべつの方角からべつべつの時間に佐賀駅へついて、またべつべつのルートを通って小倉へ出るの。そこではじめて一本の特急列車に編成されて京都へむかいます。だから『かもめ』は、一本だけど二本。二本だけど一本。わかれて走っている区間でただ一個所、佐賀にだけはどちらも停車する。

それでこんな奇妙なことが起こるわけ。山添先生は、佐世保から『かもめ』に乗りました。ファンが証言した通りね。そのあと、どう連絡がついたか、佐賀でおりて石黒先生に会った。車でひと足の現場へついた。そしてお芝居が本当になって石黒先生は死んだ……。山辺さんの話だと仮題『かもめ……』のトップシーンは殺しの場面ですってね。それから駅へ車で逃げもどった先生は、夢中で、発車しようとしていた列車にとびのった……それが長崎発の『かもめ』だったんです」

「お、おい！　証拠はあるのか」

独演するキリコの肩を、克郎がゆすった。

「兄貴、自分でいったんじゃないの」

キリコは笑って答える。

「佐賀を出てずうっと、先生は食堂車にいたって……佐世保発の『かもめ』に、食堂車は連結されてないのよ。一たん佐賀で列車を捨て、もうひとつの『かもめ』に乗りかえないかぎり、小倉以前に食堂車の席へつくことは絶対できません」

「もう、十分だわ」

あえぐように、山添がいった。

「あなたのいう通りよ……石黒さんを殺したのは私です」

「やはり……」

自分できめつけておきながら、キリコはいまさらのように吐息をついた。

「前の晩、佐世保の宿屋へ電話がかかってきたんです。おつき合いは先日さしあげた原作一本きりでやめたいと……打ち合わせしてみてわかったけれど、私は千晶留美とコンビを続けた方が、性分に合うようだ。

そうおっしゃって石黒さんは電話を切りました。そのとき、私は、体中の力がぬけてゆくみたいで……石黒さんは、性格がどうのというけれど、実は山添みはるにマンガの才能がないと見きわめて、それで離れて行ったんだ、そんなふうに思いこんだの。

私は、千晶さんにだけは負けたくなかった。石にかじりついても、彼女を追いぬいてやりたかった。そのために、こっそり石黒さんをひきぬこうとしたのに……あべこべに、私はもうおしまいなんだ！　そう宣告されてしまったんです。

あくる日、私はぼうっとしたまま、『かもめ』に乗りました。ところが、佐賀駅のホームで石黒さんの顔を見てしまったんです。思わず列車をおりた私は、石黒さんを追いました。

さすがにバツが悪いとみえ、石黒さんはちょうどいい、いつもの主義で、ライブ・アクションをしようといって車に乗りました」

ライブ・アクションというのは動画用語である。ミュージカルやアクション場面を、ぶっつけでマンガ映画の動きにするのはむつかしい。そこで、ディズニーなどのよくやる手だが、作画家たちの前で、人間が踊ったり格闘したりしてサンプルをしめすことだ。自作のストーリーをふまえて芝居するのを、石黒はアニメーションのそれにたとえたのだろう。

「……石黒さんが、舞台にえらんだのは、あつらえむきの空き家だったわ。どうしてこんな場所を知っているのか、ふしぎだったけれど……新聞で、千晶さんが生まれた家とわかったわ……竜……石黒さん、それほど千晶さんと親しかったのね。もうこれでいいでしょう？……あとはあなたが、全部話してしまった。十何分かの差で、もう一本の『かもめ』が佐賀駅にくることは私は全然知りませんでした。ファンや車掌さんが証人になったのも、まるっきりの偶然だわ」

「そのおかげで、あなたのアリバイがいかにも真実らしく見えたんだ」

克郎がうなった。

しかし薩次は、ぼそっといった。

「それで、山添先生……これから、どうするつもりかなあ」

一言ずつ、区切るように話しおえて、あとはじっとうつむいていた山添が、顔をあげた。

その顔は——青いというより、色がなかった。人間が死を決意したときの表情を、三人は見た。総毛立ったほおをひきつらせて、山添は叫んだ。

「こうするわ」

いったときには、もう彼女の姿は部屋にない。一足《いっそく》とびに、バルコニーから身をおどらせたのだ。死ぬというのは、こうも呆気ない出来ごとなのか。

「し、しまった」

克郎が手すりにとびつき、薩次が腰を浮かせても、キリコはいすにはりついている。

凍った時間が流れた。

長いような短いような数瞬ののちに、ぐしゃっと鈍い音が耳を打って、人気マンガ家の最期を告げた。

「キリコのバカ!」

あわただしく電話の受話器をとりあげながら、克郎がわめく。

「そばにいたくせに、何だってタックルで止めねえんだ。お前、こないだ『ラグビー第一歩』てえのを読んでたじゃないか。バカ!」

いってからあわてて、受話器におじぎしている。

「あ、今のはこっちの話で……デスクですか、どえらい特ダネ！　山添みはる犯行を告白、飛び降り自殺！」

警察より早く、新聞社に知らせようというのだから、克郎もプロだ。彼が、ことの次第を報告している間に、キリコのそばへ座った薩次。あい変わらずぼそぼそという。

「タックルなぞするもんか。スーパー、きみははじめから、山添みはるに自殺してほしかったんだろう？」

「え？　どうして」

キリコは、ぎょっとした様子だ。

「だってさあ、スーパー、山添さんのファンじゃないか。あこがれの人には、きれいに死んでほしいよね……自分で描いたマンガのヒロインみたいに、罪を犯していさぎよく死ぬ……イメージこわれなくて、よかったじゃん」

ほそい目をもっとほそくしたジャガイモが、固い表情で笑った。

「おまけに、殺人の動機は失恋ときてる」

「失恋？　なぜそんなことがわかるのよ」

キリコは大きな目をいっそう大きくする。

「べつに証拠はないけどさあ。ただ何となく……一度だけ、山添先生が『竜樹さん』といっただろ。ぼく、おやっと思って彼女を見た。そしたら二度といわなくなった。……原作をたのむのはつけ足しで、本当は山添先生、石黒竜樹って人を好きだったんじゃないかなあ。プロポーズしてことわられて、カーッとなって殺したんだ。女はこわいや」

(わかったような口、きくな)

そういおうとして、キリコはやめた。遠くからサイレンの音が近づいてくる……救急車だ。マンションの下の道を通りかかった人が、知らせたにちがいない。少女マンガのラストシーンにしてはいささか殺風景な音響効果であった。

……なお、キリコのように時刻表を暗記していない人のために、昭和四十六年十月現在の時刻表《ダイヤ》を、該当する二ページ分フロクとして添えておく。時刻表の読み方ぐらいおぼえてね。

(64、65ページ参照)

密室殺人なぜで章

■生き残ったぼく

「ね。この時刻表《ダイヤ》もつけるつもり?」

清子《きよこ》さんがきいた。

「もちろん、サービスとしてね」

ぼくは答えた。

「推理小説のファンには、時刻表だの地図だの見取り図だの、そういう文章以外の景品を喜ぶ人がいるんだ」

「わかった。白土《しらと》三平《さんぺい》のマンガに、解説の文章が多いようなものね」

「ま、そういうことにしておこう」

「だけど、桂《かつら》さん」

次頁へつづく

肥前山口――佐賀――鳥栖（長崎《ながさき》本線・佐世保《させぼ》線・上り）（その1）

鳥栖	佐世保	鳥栖	佐世保	博多	博多	佐世保	佐賀	京都	京都	博多	小倉 熊本		佐世保 鳥栖	鳥栖	行先
330D	828D	332D	830D	1401D	302D	832D	1334D	2004D	4D	1304D	304D		834D	336D	列車番号
…	…	645	737	…	812	818	…	(小倉で4Dに併結・筑豊線経由)	1010	…	1014	…	930	…	ながさき
…	…	652	740	…	急	821	…		レ	…	レ	…	934	…	うらかみ
…	…	701	748	…		829	…		特	…	レ	…	942	…	みちのお
…	…	711	801	…	(いなさ1号)	834	…			…	急	346D	948	…	ながよ
…	…	724	816	…		846	…		レ	…		加津佐発	1004	…	ほんかわち
…	…	731	824	…		901	…		レ	…	レ		1015	…	おおくさ
…	…	レ	839	…		907	…		レ	…	レ		レ	…	ひがしその
…	…	742	845	…		913	…	特	レ	…	レ		1024	…	きさつ
…	←	749	852	…	843	921	…		1041	…	1046	1048	1031	→	
704	757	755	859	…	844	934	…		1042	…	1051	↲	1035	1100	いさはや
708	佐世保着 926	758	佐世保着 1020	…	レ	佐世保着 1115	…		レ	…	レ	…	佐世保着 1201	1104	ひがしいさはや
712		802		…	レ		…		(かもめ)	…	(いなさ2号)	…		1111	ひぜんながた
718		808		…			…			…	(ちくご)	…		1117	おえ
723		813		…	レ		…			…		…		1125	ゆえ
736	…	823		…	レ	…	…		レ	…		…	…	1139	こながい
751	…	831	…	急		…	1024			急		…	…	1150	ひがしおおうら
806	…	843	…		レ	…	1035		レ			…	…	1206	たら
811	…	849	…	(弓張1号)	レ	…	1041		レ	(弓張2号)		…	…	1212	ひぜんいいだ
816	…	855	…		レ	…	1055	特	レ			…	…	1224	ひぜんななうら
823	…	902	…			…	1100		レ		レ	熊本行	…	1229	ひぜんはま
830	…	908	…		935	…	1115		レ		1155		…	1236	ひぜんかしま
837	…	914	…		レ	…	1125		レ				…	1243	ひぜんりゅうおう
844	…	920	…		レ	…	1131	(かもめ)	レ			2401D	…	1250	ひぜんしろいし
850	…	926	…		953	…	1137		レ		1213	→	…	1256	ひぜんやまぐち
‖	2431D 740	‖	…	845	‖	434D 933	‖	1030	‖	1100	‖	‖	2436D 1134	‖	させぼ
‖	745	‖	…	レ	‖	939	‖	レ	‖	レ	‖	‖	1144	‖	ひう
‖	750	630D	…	レ	‖	950	‖	レ	‖	レ	‖	‖	1151	‖	だいとう
‖	755	伊万里発 752	…	855	‖	954	‖	1040	‖	1110	‖	‖	1155	‖	
‖	801	↲	…	900	‖	1013	‖	1045	‖	1115	‖	急	1159	‖	はいき
‖	809	‖	…	レ	‖	1020	‖	レ	‖	レ	‖		1208	‖	みかわち
‖	828	‖	…	918	‖	1030	‖		‖	1134	‖	(ちくご)	1220	‖	ありた
‖	834	‖	…	レ	‖	1036	‖		‖	レ	‖		1226	‖	かみありた
‖	840	‖	…		‖	1042	‖	レ	‖		‖		1232	‖	みまさか
‖	847	‖	…		‖	1049	‖	レ	‖		‖		1239	‖	ながお
‖	852	‖	…	934	‖	1054	‖	1118	‖	1150	‖		1244	‖	たけお
‖	857	‖	…	935	‖	1058	‖	1119	‖	1151	‖		1245	‖	
‖	910	‖	…	レ	‖	1102	‖	レ	‖	レ	‖	‖	1249	‖	たかはし
‖	916	‖	…	レ	‖	1107	‖	レ	‖	レ	‖	‖	1254	‖	きたがた
‖	921	‖	…	レ	‖	1111	‖	レ	‖	1201	‖	‖	1258	‖	おおまち
‖	931	‖	…	950	‖	1117	‖	レ	‖	1208	‖	‖	1308	‖	
858	↳	938	…	↳	958	1118	1139	レ	レ	↳	1223	1217	↳	1314	ひぜんやまぐち
906	…	945	…	…	レ	1126	1146	レ	レ	…	レ	レ	…	1321	うしづ
911	…	950	…	…	レ	1130	1158	レ	レ	…	レ		…	1326	くぼた
916	…	955	…	…	レ	1135	1203	レ	レ	…	レ		…	1331	なべしま
920	…	959	…	…	1012	1140	1207	1149	1201	…	1236	1230	…	1335	
931	…	1004	…	…	1014	1142	…	1150	1203	…	1237	1231	…	1338	さが
937	…	1010	…	…	レ	1148	…	レ	レ	…	レ	‖	…	1344	いがや
943	…	1016	…	…	レ	1154	…	レ	レ	…	レ	(佐賀線経由)	…	1350	かんざき
947	…	1029	…	…	レ	1204	…	レ	レ	…	レ		…	1354	みたがわ
954	…	1035	…	…	レ	1210	…	レ	レ	…	レ		…	1401	なかばる
959	…	1041	…	…	レ	1216	…	レ	レ	…	レ		…	1406	ひぜんふもと
1005	…	1047	…	…	1036	1221	…	1212	レ	…	1258	‖	…	1411	とす
…	…	…	…	…	1102	…	…	2218	2218	…	1426	1401	…	…	終着
					149			149	149		150	166			次の掲載頁

鳥栖	鳥栖		長	長	博多	博多	鳥栖	博多	東京	鳥栖	早岐 鳥栖	鳥栖	別府 博多	別府	行先
1438D	338D		2406D	406D	1306D	306D	440D	1502D	2006	442	838D	342D	1645D	2405D	列車番号
…	1056	…	…	1235	…	1401	…	1424	1440	…	1341	…	1503	…	ながさき
…	1059	…	…	急	…	急	…	レ	レ	…	1345	…	レ	…	うらかみ
…	1107	…	…		…		…	急	特	…	1353	…	レ	…	みちのお
…	1113	…	…	(出島)	…	(いなさ3号)	…	(平戸)	レ	…	1400	…	急	…	ながよ
…	1122	…	…		…		…		レ	…	1418	…		…	ほんかわち
…	1133	…	…		…		…		レ	…	1425	…	レ	…	おおくさ
…	レ	…	…		…		…		レ	…	1434	…	レ	…	ひがしその
…	1142	…	…		…		…	レ	レ	…	1439	…	レ	…	きさつ
…	1150	…	…	1306	…	1433	…	1503	1515	…	1447	→	1537	…	
…	1155	…	…	1307	…	1438	…	1507	1516	…	1455	1521	1540	…	いさはや
…	1200	…	…	レ	…	レ	…	(大村・松浦・筑肥線経由・博多着 1953)	レ	…	早岐着	1525	レ	…	ひがしいさはや
…	1205	…	…	レ	…	レ	…		レ	…		1529	(いなさ4号)	…	ひぜんながた
…	1210	…	…		…		…		(はやぶさ)	…	…	1535	(西九州)	…	おえ
…	1217	…	…	レ	…	レ	…			…	…	1542		…	ゆえ
…	1225	…	…		急		…			…	…	1550		急	こながい
…	1236	…	…	レ		レ	…			…	…	1600			ひがしおおうら
…	1251	…	…	レ	(弓張3号)	レ	…			…	…	1612		(西九州)	たら
…	1257	…	…	レ		レ	…			…	…	1618			ひぜんいいだ
…	1301	…	…	レ		レ	…		レ	…	…	1623			ひぜんななうら
…	1310	…	急	レ		レ	…		(寝台列車)	…	1348D	1637	レ		ひぜんはま
…	1316	…	(出島)	1403		1530	…	…		…	1547	1642	1637		ひぜんかしま
…	1338	…		レ		レ	…	…		…	1553	1649			ひぜんりゅうおう
…	1344	…		レ		レ	…	…		…	1559	1657			ひぜんしろいし
…	1350	…		1421		1545	…	…	レ	…	1605	1705	1651		ひぜんやまぐち
1239	‖	…	1312	‖	1440	‖	1447	…	‖	1554	…	‖	‖	1541	させぼ
1244	‖	…	レ	‖	レ	‖	1452	…	‖	1604	…	‖	‖	レ	ひう
1249	‖	…	レ	‖	レ	‖	1457	…	‖	1610	…	‖	‖	レ	だいとう
1254	‖	…	1323	‖	1451	‖	1502	…	‖	1616	…	‖	‖	1556	
1300	‖	…	1328	‖	1459	‖	1507	…	‖	1636	…	‖	‖	1604	はいき
1307	‖	…	レ	‖	レ	‖	1513	…	‖	1644	…	‖	‖	レ	みかわち
1318	‖	…	1341	‖	1513	‖	1525	…		1656	…	‖	‖	1618	ありた
1324	‖	…	レ	‖	レ	‖	1531	…	‖	1705	…	‖	‖	レ	かみありた
1330	‖	…		‖	レ	‖	1537	…	‖	1710	…	‖	‖	レ	みまさか
1334	‖	…		‖	レ	‖	1541	…	‖	1715	…	‖	‖	レ	ながお
1340	‖	…	1358	‖	1534	‖	1546	…	‖	1721	…	‖	‖	1636	たけお
1341	‖	…	1359	‖	1535	‖	1547	…	‖	1730	…	‖	‖	1637	
1345	‖	…	レ	‖	レ	‖	1551	…	‖	1737	…	‖	‖	レ	たかはし
1350	‖	…		‖	レ	‖	1557	…	‖	1743	…	‖	‖	レ	きたがた
1354	‖	…		‖	1544	‖	1602	…	‖	1749	…	‖	‖	1646	おおまち
1405	‖	…	1413	‖	1554	‖	1609	…	‖	1756	…	‖	‖	1655	
↳	1408	…	↳	1426	↳	1558	1610	…	レ	1808	…	1710	1701	↲	ひぜんやまぐち
…	1416	…	…	レ	…	レ	1617	…	レ	1816	…	1718	レ	駅下	うしづ
…	1420	…	…	レ	…	レ	1630	…	レ	1822	…	1722	レ		くぼた
…	1425	…	…	レ	…	レ	1635	…	レ	1827	…	1727	レ	151頁	なべしま
…	1430	…	…	1440	…	1611	1639	…	1633	1832	…	1732	1716		
…	1432	…	…	1442	…	1612	1643	…	1634	1836	…	1734	1717		さが
…	1438	…	…	レ	…	レ	1649	…	レ	1843	…	1740	レ	(いなさ4号)	いがや
…	1444	…	…	レ	…	レ	1655	…	レ	1850	…	1746	レ		かんざき
…	1455	…	…	レ	…	レ	1659	…	レ	1855	…	1751	レ		みたがわ
…	1502	…	…	レ	…	レ	1706	…	レ	1902	…	1757	レ	博多着	なかばる
…	1507	…	…	レ	…	レ	1712	…	レ	1908	…	1803	レ		ひぜんふもと
…	1512	…	…	1502	…	1633	1717	…	1657	1914	…	1806	1749	↲	とす
…	…	…	…	2050	…	1702	…	…	1010	…	…	…	2058	…	終着
				150		151			151				165		次の掲載頁

46・10・1 訂補

佐世保――諫早（大村線）

キロ数	駅名	1421		821	823D	825D		827D	829D	831D		1501D	833D	835D	837D	839D	841	843D	845D	847D				
	始発	門司港 2238	…	…	…	…	…	平戸口 652	…			博多 832	…	…	…	…	…		…	…	…	…	…	始発
0.0	佐世保発		(始発駅と主な停車駅及び交通公社などで発売します)	516	614	711	…	824	915	1021	(松浦線・筑肥線経由)	1202	1246	1422	1517	…	1719	1858	2011	…	…	…	…	させぼ
3.3	日宇〃			525	621	717	…		929	1027		レ	1252	1430	1525	…	1726	1903	2017	…	…	…	…	ひう
6.2	大塔〃			528	626	722	…	レ	934	1032		レ	1259	1435	1532	…	1732	1908	2022	…	…	…	…	だいとう
8.9	早岐着	409		534	631	727	…	834	938	1036		1214	1304	1439	1537	…	1737	1913	2026		…	…	…	はいき
	早岐発	427		535	632	737	(早岐から)	835	945	1038		1216	1306	1443	1540	1631	1739	1915	2029	2216	…	…	…	
14.5	南風崎〃	435		542	638	743		レ	959	1044		急	1318	1449	1550	1637	1746	1922	2035	2223	…	…	…	はえのさき
18.5	小串郷〃	レ		549	644	749		レ	1005	1051	…	レ	1324	1455	レ	1643	1753	1928	2041	2229	…	…	…	おぐしごう
22.5	川棚〃	447		556	651	758		850	1011	1100	…	1230	1330	1502	1600	1649	1759	1933	2047	2235	…	…	…	かわたな
28.5	彼杵〃	455		605	659	807		857	1018	1113	…	(平戸)	1344	1509	1607	1656	1807	1943	2055	2243	…	…	…	そのぎ
32.9	千綿〃	501		612	706	813		レ	1024	1119	…		1351	1515	レ	1702	1813	1949	2102	2249	…	…	…	ちわた
37.4	松原〃	508		628	712	828		レ	1030	1125	駅下		1358	1528		1708	1820	1955	2109	2256	…	…	…	まつばら
41.7	竹松〃	515		635	720	834	…	レ	1036	1131			1405	1534	レ	1714	1826	2001	2115	2301	…	…	…	たけまつ
45.1	大村〃	523		641	727	840	…	916	1053	1136	169	1253	1413	1539	1627	1722	1838	2007	2123	2306	…	…	…	おおむら
48.9	岩松〃	528		646	733	845	…	レ	1058	1142	頁	レ	1418	1545	レ	1727	1843	2012	2128	2311	…	…	…	いわまつ
56.5	諫早着	540		700	746	856	…	932	1109	1152	↲	1306	1429	1555	1643	1738	1855	2027	2139	2322	…	…	…	いさはや
88.1	長崎着	638		810	839	1002	…	…	1209	1303	…	1348	1540	…	1755	1850	…	2150	2254	018	…	…	…	ながさき

キロ数	駅名	822D	824D	826	828D	830D	832D	834D	836D	838D	1502D		840D	842D	844D	846	848D	850D	1422		
…	長崎発	…		…	645	737	818	930		1341	1424	…	…	1600	1719	1747	1815	2109	2303	(始発駅と主な停車駅及び交通公社などで発売します)	…
0.0	諫早発	508	601	706	757	859	934	1035	1214	1455	1507	(平戸)	1609	1704	1821	1900	1950	2220	008		…
7.6	岩松〃	513	611	716	808	909	944	1045	1224	1506	レ		1619	1714	1831	1910	2000	2231	レ		…
11.4	大村〃	524	616	725	815	915	953	1050	1229	1511	1519		1626	1725	1836	1918	2006	2238	024		…
14.8	竹松〃	530	622	731	821	921	959	1055	1235	1534	レ		1631	1730	1842	1924	2015	2244	030		…
19.1	松原〃	536	627	737	827	927	1005	1101	1246	1540	急		1637	1736	1848	1930	2019	2256	037		…
23.6	千綿〃	542	633	744	833	933	1011	1107	1252	1546	レ	(松浦・筑肥線経由)	1643	1742	1854	1936	2025	2302	レ		…
28.0	彼杵〃	548	639	750	839	939	1022	1114	1258	1552	レ		1657	1748	1900	1942	2031	2308	048		…
34.0	川棚〃	558	652	759	851	947	1030	1124	1306	1605	1541		1705	1800	1907	1951	2048	2315	058		…
38.0	小串郷〃	605	657	805	856	952	1035	1129	1311	1610	レ		1710	1805	1912	1957	2053	2320	レ		…
42.0	南風崎〃	609	704	811	905	958	1045	1135	1317	1616	レ		1717	1811	1922	2004	2059	2327	108		…
42.0	早岐着	616	710	818	909	1004	1051	1142	1325	1623	1555		1723	1817	1930	2011	2106	2335	115		…
	早岐発	620	716	823	911	1005	1052	1146	1335	…	1557	駅下	1727	1819	1934	2015	2111		131		…
50.3	大塔〃	627	722	831	916	1010	1057	1151	1339	…	レ		1741	1823	1940	2023	2116	…			…
53.2	日宇〃	634	727	838	921	1015	1108	1156	1345	…	レ	170	1747	1829	1949	2031	2121	…			…
56.5	佐世保着	639	732	844	926	1020	1113	1201	1350	…	1608	頁	1752	1834	1954	2037	2126	…			…
	終着	…	…	…	…	…	…	…	…	…	博多 1953	…	…	…	…	…	…	…	門司港 746	…	…

本表の他
のりかえ
・諫早から長崎本線 168～172頁
佐世保―早岐間（佐世保線）168～172頁参照

日本交通公社発行「時刻表」昭和四十六年十月号より転載

☞前頁からつづく

鳥 栖 — 肥前山口 — 長 崎・佐世保
（長崎本線・佐世保線・下り）（その2）

線名	駅名	長崎佐世保	佐世保	長崎佐世保	佐世保	多良	多良		武雄	佐賀		
	列車番号	1385D	2349D	347D	2447D	1345D	1349D		449D	553D		
	始発	大分 1539	…	博多 1906	…	…	…	…	…	…	…	…
長崎本線	鳥栖発	1915	…	1954	…	…	…	…	2128	2251	…	…
	肥前麓〃	レ	…	2000	…	…	…	…	2134	2257	…	…
	中原〃		…	2006	…	…	…	…	2140	2304	…	…
	三田川〃	◎		2012	…	…	…	…	2146	2310	…	…
	神埼〃		⊗	2016	…	…	…	…	2150	2314	…	…
	伊賀屋〃	レ		2022	…	…	…	…	2156	2320	…	…
	佐賀着	1936	（弓張4号）	2027	…	…	…	…	2201	2326	…	…
	佐賀発	1938		2030	…	…	2115	…	2203	…	…	…
	鍋島〃			2034	…	…	2119	…	2208	…	…	…
	久保田〃			2039	…	…	2125	…	2213	…	…	…
	牛津〃	レ		2044		…	2131	…	2217	…	…	…
	肥前山口着	1952	→	2050	→	…	2138	…	2224	…	…	…
佐世保線	肥前山口発	‖	2001	‖	2057	…	‖	…	2228	…	…	…
	大町〃	（弓張4号）	◎（いなさ6号）	‖	2103	…	‖	…	2235	…	…	…
	北方〃			‖	2107	…	‖	…	2245	…	…	…
	高橋〃		レ	‖	2113	…	‖	…	2251	…	…	…
	武雄着		2014	‖	2116	…	‖	…	2254	…	…	…
	武雄発		2015	‖	2117	…	‖	…	…	…	…	…
	永尾〃	‖	レ	‖	2128	…	‖	…	…	…	…	…
	三間坂〃			‖	2132	…	‖	…	…	…	…	…
	上有田〃	◎		‖	2138	…	‖	…	…	…	…	…
	有田〃		2032	‖	2144	…	‖	…	…	…	…	…
	三河内〃	‖	レ	‖	2152	…	‖	…	…	…	…	…
	早岐着	‖	2043	‖	2157	…	‖	…	…	…	…	…
	早岐発	‖	2051	‖	2202	…	‖	…	…	…	…	…
	大塔〃	‖	レ	‖	2207	…	‖	…	…	…	…	…
	日宇〃	‖	レ	‖	2213	…	‖	…	…	…	…	…
	佐世保着	‖	2101	‖	2218	…	‖	…	…	…	…	…
			845D					847D				
長崎本線	肥前山口発	1957	…	2054	…	2004	2141	…	…	…	…	…
	肥前白石〃	レ	…	2100	…	2011	2147	…	…	…	…	…
	肥前竜王〃	レ	…	2113	…	2020	2153	…	…	…	…	…
	肥前鹿島〃	2013	…	2124	…	2028	2200	…	…	…	…	…
	肥前浜〃	レ	…	レ	…	2032	2205	…	…	…	…	…
	肥前七浦〃	レ	…		…	2037	2210	…	…	…	…	…
	肥前飯田〃		…	レ	…	2042	2214	…	…	…	…	…
	多良〃		…	2139	…	2048	2221	…	…	…	…	…
	肥前大浦〃	レ	…	2151	…	…	…	…	…	…	…	…
	小長井〃	レ	…	2200	…	…	…	…	…	…	…	…
	湯江〃	レ	佐世保2011発	2207	…	…	…		…	…	…	…
	小江〃	レ		2212	…	…	…	早岐2216発	…	…	…	…
	肥前長田〃	レ		2224	…	…	…		…	…	…	…
	東諫早〃	レ		レ	…	…	…		…	…	…	…
	諫早着	2109	2139	2230	…	…	…	2322	…	…	…	…
	諫早発	2110	2150	2243	…	…	…	2327	…	…	…	…
	喜々津〃	レ	2158	2252	…	…	…	2336	…	…	…	…
	東園〃	レ	レ	レ	…	…	…	レ	…	…	…	…
	大草〃	レ	2221	2306	…	…	…	2346	…	…	…	…
	本川内〃	レ	2232	レ	…	…	…	レ	…	…	…	…
	長与〃	レ	2238	2325	…	…	…	003	…	…	…	…
	道ノ尾〃	レ	2245	2331	…	…	…	009	…	…	…	…
	浦上〃	レ	2251	2337	…	…	…	015	…	…	…	…
	長崎着	2144	2254	2340	…	…	…	018	…	…	…	…

46.10.1訂補

長 崎・佐 世 保 ——

線名	のりかえページ	キロ数	駅名		肥前山口	肥前山口	鳥栖	肥前山口	博多	博多	博多		鳥栖 長崎
			列車番号		[illegible]	324D	326	[illegible]	[illegible]	[illegible]	328D		[illegible]
長崎本線		0.0	長崎発	…	…	423	…	…	…	…	548	…	…
		1.6	浦上〃	…	…	426	…	…	…	…	551	…	…
		6.2	道ノ尾〃	…	…	434	…	…	…	…	559	…	…
		9.7	長与〃	…	…	439	…	…	…	…	604	…	…
		12.8	本川内〃	…	…	レ	…	…	…	…	616	…	…
		17.9	大草〃	…	…	451	…	…	…	…	626	…	…
		21.6	東園〃	…	…	レ	…	…	…	…	レ	…	…
		25.1	喜々津〃	…	…	501	…	…	…	…	636	…	…
	雲仙国立公園 337←	31.6	諫早着	…	…	509	…	…	…	…	643	…	…
			諫早発	…	…	517	（肥前浜・肥前山口間休日運休）	…	…	…	650	…	…
		34.5	東諫早〃	…	…	522		…	…	…	快速	…	…
		36.4	肥前長田〃	…	…	529		…	…	…		…	…
		41.1	小江〃	…	…	535		…	…	…	レ	…	…
		44.4	湯江〃	…	…	540		…	…	…	705	…	…
		49.7	小長井〃	…	…	550		…	…	…	レ	…	…
		56.4	肥前大浦〃	…	…	559		…	…	…	720	…	…
		64.3	多良〃	…	…	618		…	…	…	730	…	…
		68.4	肥前飯田〃	…	…	624		…	…	…	レ	…	…
		70.5	肥前七浦〃	…	…	628		…	…	…	739	…	…
		74.4	肥前浜〃	…	602	635	640	716	…	…	レ	…	…
		77.4	肥前鹿島〃	…	608	640	646	721	…	…	747	…	…
		82.6	肥前竜王〃	…	615	648	657	728	…	…	レ	…	…
		87.3	肥前白石〃	…	621	656	706	737	…	…	757	…	…
		92.4	肥前山口着	…	628	702	715	743	…	…	807	…	…
	松浦方面 169			550D	322	2426		424D				825D	
佐世保線	西海国立公園 386	0.0	佐世保発	…	…	523	‖	…	…	628	‖	…	711
		3.5	日宇〃	…	…	529	‖	…	…	634	‖	…	717
	大村・諫早方面 271←	6.2	大塔〃	…	…	535	‖	…	…	639	‖	…	722
		8.9	早岐着	…	…	540	‖	…	…	643	‖	←	727
	伊万里・松浦方面168〜169		早岐発	…	…	549	‖	…	…	649	‖	757	733
		13.1	三河内〃	…	…	556	‖	…	…	658	‖	長崎着1002	743
	嬉野温泉← 386	20.6	有田〃	…	…	613	‖	…	…	711	‖		754
		25.1	上有田〃	…	…	619	‖	…	…	717	‖		800
		27.3	三間坂〃	…	…	626	‖	…	…	725	‖		806
		30.5	永尾〃	…	…	633	‖	…	…	730	‖	…	811
	嬉野温泉 385←	35.1	武雄着	…	…	639	‖	…	…	735	‖	…	816
			武雄発	…	…	645	‖	610	…	741	‖	…	819
		37.4	高橋〃	…	…	650	‖	614	…	745	‖	…	823
	長崎からのキロ	41.4	北方〃	…	福間行	656	‖	619	…	751	‖	…	831
		43.7	大町〃	…		704	‖	623	西唐津5:56発	755	‖	…	838
		48.8	肥前山口着	…		711	‖	630		801	‖	…	844
長崎本線		92.4	肥前山口発	…	536	↳	729	630		↳	815	…	↳
		97.8	牛津〃	…	543	…	737	637		…	823	…	…
		100.6	久保田〃	基山行	548	…	747	641	702	…	829	…	…
	唐津方面 166←	104.0	鍋島〃		554	…	753	646	708	…	835	…	…
		107.1	佐賀着		558	…	758	651	715	…	839	…	…
			佐賀発	446	601	…	819	652	736	…	842	…	…
		111.9	伊賀屋〃	452	608	…	826	658	743	…	レ	…	…
		116.4	神埼〃	458	614	…	833	704	751	…	852	…	…
		119.0	三田川〃	502	619	…	839	708	757	…	レ	…	…
	博多方面 148〜153	123.6	中原〃	509	626	…	847	715	805	…	レ	…	…
	熊本方面 141〜146	127.9	肥前麓〃	514	632	…	854	720	811	…	905	…	…
		132.1	鳥栖着	520	638	…	900	725	817	…	911	…	…
			終着	550	825	…	…	…	855	…	945	…	…
			次の掲載頁	148	148				149		149		

☞前頁からつづく

佐 世 保 — 伊 万 里 — 有 田（松浦線・上り）（その2）

駅名	646D	648D	650D	925D	1901D		652D	654D	656D	929D	658D	660D					
長崎発	…	…	…	…	1424	…	…	…	…	…	…	…	…	…	…	…	…
佐世保発	1309	…	1509	…	1615	┐（大村線経由）	…	1719	…	…	1839	2013	…	…	…	…	…
中佐世保〃	1313	…	1513	…	レ		…	1722	…	…	1842	2017	…	…	…	…	…
北佐世保〃	1318	…	1518	…	レ		…	1727	…	…	1847	2022	…	…	…	…	…
左石〃	1325	…	1525	…			…	1734	…	…	1853	2028	…	…	…	…	…
皆瀬〃	1329	…	1528	…	（平戸）		…	1737	…	…	1857	2031	…	…	…	…	…
肥前中里〃	1332	…	1531	…			…	1740	…	…	1900	2034	…	…	…	…	…
上相浦〃	1337	…	1535	…			…	1745	…	…	1904	2039	…	…	…	…	…
相浦〃	1341	…	1539	…		…	…	1749	…	臼ノ浦1816発	1906	2050	…	…	…	…	…
真申〃	1346	…	1543	…	レ	…	…	1752	…		1911	2053	…	…	…	…	…
小浦〃	1349	…	1546	…	レ	…	…	1756	…		1915	2057	…	…	…	…	…
佐々〃	1400	…	1553	1607	1641	…	…	1802	…	1823	1919	2101	…	…	…	…	…
上佐々〃	1404	…	1557	1610	レ	…	…	1805	…	1826	レ	レ	…	…	…	…	…
肥前神田〃	1408	…	1601	1614	レ	…	…	1809	…	1831	1925	2108	…	…	…	…	…
肥前吉井〃	1412	…	1604	1619	1649	…	…	1815	…	1853	1929	2111	…	…	…	…	…
潜竜〃	1419	…	1611	世知原1635着	レ	…	…	1818	…	世知原1905着	1934	2117	…	…	…	…	…
江迎〃	1429	…	1620		1704	…	…	1831	…		1944	2131	…	…	…	…	…
平戸口着	1441	→	1633		1716	…	…	1843	…		1956	2143	…	…	…	…	…
平戸口発	…	1552	1649		1717	…	…	1844	…		2000	…	…	…	…	…	…
田平〃	…	1601	1657	…	レ	…	…	1853	…	…	2008	…	…	…	…	…	…
肥前御厨〃	…	1608	1704	…	レ	…	…	1900	…	…	2015	…	…	…	…	…	…
松浦着	…	1618	1714	…	1737	…	…	1910	…	…	2025	…	…	…	…	…	…
松浦発	…	1624	1714	…	1738	…	…	1925	…	…	2025	…	…	…	…	…	…
調川〃	…	1627	1718	…	レ	…	…	1929	…	…	2029	…	…	…	…	…	…
今福〃	…	1636	1727	…	レ	…	…	1937	…	…	2037	…	…	…	…	…	…
浦ノ崎〃	…	1641	1732	…	1751	…	…	1941	…	…	2042	…	…	…	…	…	…
久原〃	…	1651	1737	…	レ	…	…	1946	…	…	2046	…	…	…	…	…	…
楠久〃	…	1656	1742	…	レ	…	…	1951	…	…	2051	…	…	…	…	…	…
東山代〃	…	1700	1746	…	レ	…	…	1955	…	…	2055	…	…	…	…	…	…
伊万里着	…	1704	1751	…	1807	…	…	1959	…	…	2058	…	…	…	…	…	…
伊万里発	…	1737	…	┐（筑肥線経由）	1810	┐	1902	…	2007	…	2105	…	…	…	…	…	…
金武〃	…	1742	…		博多1953着	急下 167頁	1907	…	2012	…	2108	…	…	…	…	…	…
夫婦石〃	…	1746	…				1911	…	2016	…	2112	…	…	…	…	…	…
大木〃	…	1750	…				1915	…	2020	…	2116	…	…	…	…	…	…
蔵宿〃	…	1755	…		…		1919	…	2024	…	2121	…	…	…	…	…	…
有田着	…	1800	…	…	…	…	1925	…	2029	…	2126	…	…	…	…	…	…

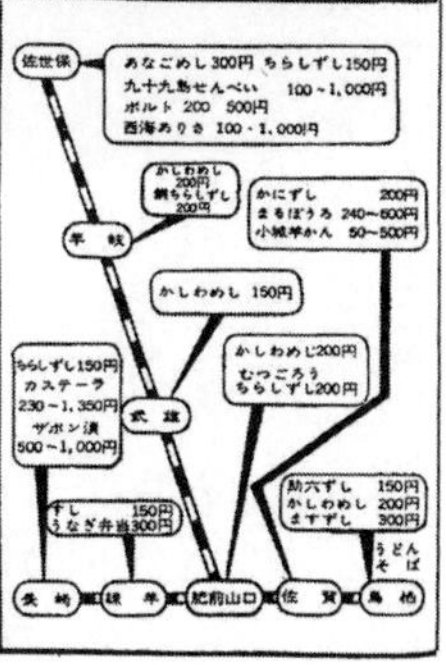

（◎のある列車のグリーン車は全車指定席　◎のない列車のグリーン車は自由席）

珍しく清子さんがこだわる。

「嫌いな人にはこんなもの、うるさいだけよ」

「なあに、嫌いなやつは、はじめから買いやしない」

ぼくは笑った。体をそらすと足もとで、いすの車輪がキイキイきしむ。

「油をささなくちゃ」

「ミシンの油でいいかしら」

「ちがうよ、ぼくの頭の中の油さ。コーヒーがほしいなあ、清ちゃん」

「中学生のくせに、コーヒー好きね」

「自分だって、中学じゃないか。大人の作家みたいにさ、ウイスキー！　なんて怒鳴らないだけマシだろ、キヨ」

調子にのると、ぼくは彼女をキヨと呼ぶ。本名は加賀見《かがみ》清子だから、しきりに彼女はくやしがる。

「厚子《あつこ》とか敦子《あつこ》にしてくれればよかったのに。残念だわ」

そうすれば、赤塚不二夫《あかつかふじお》の『ひみつのアッコちゃん』と同姓同名になるというんだから、無邪気だね。もっとも、その名をつけた清子さんの両親は、今は亡い。

彼女の父母とぼくの母が死に、ぼくが両足の機能を失って車いすにたよるようになったのとは、同じ理由だ。読者のきみもご承知だろう……昨年の江原《えばら》空港における全日航「うねび号」と、防衛隊江原基地哨戒機《しょうかいき》F86の接触事故を。

着陸直後、尾翼の一部をもぎとられた全日航YX13は、滑走路にのめりこむ形となって、炎上した。ぶつけた方のF86の乗員林《はやし》一曹は、最新の緊急脱出装置ゼロタイプによって命をとりとめたが、被害者側の全日航は、ひどいものだった。

乗員五人、乗客六十七人のうち、かろうじて死をまぬがれたのは、ぼくをふくめて三人。しかも、のこる二人のうち一人は全身火傷で一週間後に死亡。もう一人は頭部を強く打ったため、事故後一年あまりたつ今も人事不省。なんのことはない、事実上、ぼくはうねび号事件ただひとりの生き残りになってしまった。

生き残りなら林一曹もいるだろうって？　おやおや、きみは忘れてるのかい、彼が殺された事件を。

「桂さん、お客さまですよ」

おぼつかない足取りでおばあさんがはいってきた。おばあさんといっても、ぼくのではない。清子さんの祖母だ。

「セイシン社の人だってさ」

「いやだ、おばあちゃん。青春社よ」

清子さんが笑った。

「今度、桂さんの小説を出してくれる出版社だわ」

「どっちだって、わかりゃいいでしょ」

おばあさんがふくれた。子供みたいにガンコなところがある。いい出したらテコでも動かないから、事故のあと、補償の相談にきた自衛省のお役人がてこずったそうだ。

「金なぞ一銭もいらん、息子と嫁を殺したヘイタイを死刑にしとくれ」

そうがんばったというから、おばあちゃんらしい。

「どうだい、桂くん。着々と進んでいるかね」

青春社の担当編集者、金山《かなやま》さん、通称カネさんは、買ったばかりのソファベッドに、大あぐらをかいた。

「やっと第一話があがったばかり。読みますか」

ぼくは気軽にいった。本当は、読んでなぞほしくないんだ。

「いい、いい。いずれ二百五十枚、耳をそろえて読ませてもらうさ」

いわれて、正直なところほっとした。清子さんは無邪気だから、ぼくが中学生なのに小説を書く、しかも出版社まで決まってると聞けば、ただもうすごいわねえの連発だ。だが、自分のことは自分が一番わかっている……一生懸命書いたつもりでも、描写は荒いし、プロットは雑だし、トリックだって、チャチなもんだ。本職の編集者が読んだら、ふき出すかも知れない。

「のん気だなあ、カネさんは。ぼくは、ぼく自身の才能に見きりをつけて、首をくくりたい気持ちなんです」

だが、カネさんはにやにやするばかりだ。

「天才と折り紙つけられたきみが、そんな弱音をはいてどうするんだ。信じてるよ、傑作の誕生を」

ちえっ、信じてるなんて顔じゃないや。大人は気楽にうそをつく。

「どうでもいいよね、小説の出来なんて。うねび号事件たったひとりの生き残り、それも中学生がさ、推理小説を書くんだから。その話題だけで、五千や一万すぐ売れる。そう思ってるんだろう、小父《おじ》さんたち」

からんでやったが、カネさんのにやにやは消えなかった。

「ひがみなさんな。きみに書きおろしをたのもうって話は、うねび号事件前からあったんだ」

それは、確かだった。青春社の発行する月刊誌『若い空』の小説コンクールで入選したぼくは、たった二ページだけど推理コントの連載をはじめた。「少年推理作家登場」なんて、新聞に出たときは、恥ずかしかったが得意でもあった。

「きれいな花だね」

ぼくがだまりこんだのを気にしてか、カネさんがとってつけたようにいった。

「庭のことだよ」

「ああ、メキシコひまわりか」

そこへ清子さんが、注文のコーヒーをもってきてくれた。

ぼくひとりの前では決して見せない、しとやかなお辞儀をして、しずしずと去ってゆく。

「かわいいお嬢さんだな」

意味ありげなカネさんの言葉に、ぼくはちょっぴり赤くなった。

「まあね」

「学校は同じなんだろう、隣同士だったから」

「いや、ぼくは公立で、彼女は私立」

おまけに去年の春完成したばかりの建売住宅団地だから、うねび号事件が起こるまで、大したつき合いはなかった。それでも、ぼくの母は人つき合いのいい方だし、清子さんのママもおしゃべりだったから、親同士はけっこううちとけていた。さもなければ、旅行にさそわれるはずもなかった。

飛行機に乗る、といいだしたのは加賀見夫妻の方である。結婚十五周年のお祝いに、九州へ行く計画を耳にしたぼくの母は、よせばいいのに私たちもと、ワルのりした。私たち、といったって、父はとうに死んでいるから、ぼくと二人連れで行こうという。

「つまり、ぼくは死んだおやじの代用品か。冴えないね」

「なにいってるの。お仕事で留守ばかりして、あんたに悪いと思ってるのよ。だから、そのうめ合わせ」

母は保険のセールスウーマンで、なかなかのやり手だった。女手ひとつで、川崎《かわさき》の山の中とはいえ、家を買ったんだから、豪勢なもんだ。

そんなわけで、清子さんの両親と、母とぼくの四人は旅行に出かけた。直通の航空便では高すぎるとばかり、新幹線で大阪へ出て、そこからローカル線に乗りかえた。それがいけなかった。

清子さんは両親を、おばあさんは一人息子と嫁を、ぼくは母と両足を奪われた。歩けないぼくは、もう学校へ通うこともできない。同情した加賀見のおばあさんが、ぼくの世話をしてくれることになった。

今では、どちらがどちらの家かわからないほど、おばあさんも清子さんも、自由に二つの家を往き来している。ぼくが清子さんと親しくなったのも、だから、この一年のことにすぎないのだ。

一年。

短いようだが一年の月日は、人が人を愛する決意をかためるには十分すぎる時間である。

……なーんていっちゃって、へへ……照れくさいや。でも、この際はっきりしておくぞ、勇気をもって。ぼく桂真佐喜《まさき》は、加賀見清子を愛してます。わあっ、キザー。

「その、何とかひまわりも、彼女の丹精かい」

「ああ」

テラスとは名ばかりの奥ゆき一メートルぐらいしかないセメントの床をへだてて、緋色《ひいろ》の花がゆれていた。

「チトニヤ・スペシオサというのが本名さ。古代インカの国花だって」

「わざわざきみの家へきて、庭に花をたやさないところを見ると、彼女もきみが好きなんだな」

そういって、カネさんは不謹慎《ふきんしん》に笑った。ぼくはいっそう赤くなりながら、ムカッとした。ぼくの胸の中で大切に育てている花畑へ、大人がうす汚い足でふみこむ権利はない。

「どうせ読まないのなら、もういいよ。帰ってくれよ」

「なんだ、怒ったのか」

いいながら、カネさんは、ぼくをからかうのを、やめなかった。

「察するにきみはまだ、彼女に好きだと打ち明けてないな。おれが橋渡ししたっていいぞ」

願い下げだ。こんな、歯と爪をタバコのヤニで黄色くしてるようなおっさんに、キューピッドがつとまるもんか。

「帰れったら」

ぼくが声を大きくしたのでカネさんは、せっかくのコーヒーに口もつけずに逃げて行った。清子さんもおばあさんも、自分の家にもどったのだろう。ぼくのまわりは、急にしんとしてしまった。つめたくなったコーヒーをすすって、ぼくは、ゆれるチトニヤの花を眺めた。

(キヨのやつ、ぼくを、どう思っているんだろう……少しばかり先をカールした髪にかくれて、彼女は頭の中で、どんなことを考えているのかな)

■酔いどれ証人

チトニヤの花に、夜のとばりがおりた。

「お待ちどおさま、加賀見寿司でございい」

清子さんがはいってきた。

「今日のメニューは、おばあちゃん特製のちらし寿司よ」

「しめた、ぼく大好き」

「若き推理作家も他愛がないな。第二話、はかどったの」

「ゼーンゼン」

いいながら、ぼくの手はもう、清子さんの運んできた重箱をあけている。おばあさんは、山陰の萩《はぎ》で育ったから、関西風の味つけだ。

「うン、さっぱりしてていいね」

「おいしい？　桂さん」

「よかった！　実はね、この寿司、私がこしらえたんだ」

「おえーっ。本当かい」

「大丈夫よ、中毒しやしないわ」

「おばあさんに習ったの」

「ううん、見よう見まね……駅弁で食べて、おいしかったから。ほら、鯛《たい》がはいってるでしょ、特上でございますわ」

「へえ、どこの駅弁」

なにげなく聞いただけなのに、一瞬清子さんは絶句した。駅の名をど忘れしたらしい。

「それは……二百円だったわ」

ぼくは笑った。

「やだな。駅を聞いてるのに」

「だから、下関《しものせき》よ」

急に清子さんは不機嫌になった。そうか……例の旅行のときに違いない。いやなことを聞いて悪かったかな。ぼくがだまったので、今度は清子さんの方が、弁解するようにしゃべりだした。

「下関で、列車の時間待ちしてる間に食べたの。あのおじいさんと、わかれたあと」

「アリバイ立証の恩人とね」

すぐ気をとりなおしてくれたので、ぼくも安心して話を合わせた。

「じゃあ、きみたちが、鯛のちらしを食べてたころは、もう林一曹は殺されていたんだ」

「そういうことになるわ」

まるでその現場を思い出しているかのように、清子さんの目が、ふっとうつろになる。

——それは、この夏に起こった事件である。事故ののち、起訴猶予《ゆうよ》処分となったものの、防衛隊をやめた林は、教官のコネで佐世保にある航空会社へはいった。航空会社とはいっても、セスナで、西海国立公園の空中遊覧をさせる小さな会社だ。大事故の張本人だろうが何だろうが、パイロット不足の時代である。相当の高給で迎えられた上、独身の彼のため、2DKのマンションまで提供された。

その彼が、自室の窓から突き落とされて死んだのだ。それもごていねいに、胸部をナイフで突き刺した揚句である。

大事故を起こして一年とたっていない上に、世論を押し切って起訴猶予となった彼だ。全日航の遺族の中には、林を八つ裂きにしたいと思う人間だっているだろう。ぼく自身は、彼を殺しても母は戻りっこないし、ある意味では彼も被害者だと思うから、どうってことないが、現にお隣のおばあさんなんて、起訴猶予に決まった日なんぞ、すごい憤慨ぶりだった。今にも出刃庖丁でなぐりこみにゆくんじゃないかと、清子さんが青くなったほどだ。

そんなわけで、遺族の人たちは片っぱしから、当日のアリバイを調べられることになった。

むろん、ぼくも遺族のひとりだが、足が使えなきゃ仕方がない。車いすにジェット・エンジンをつけて、川崎から佐世保までぶっとばすなら話は別だ。

ところが、調べにひっかかったのは、清子さんたちだった。運のわるいことに、彼女とお婆さんは事件の二日前から萩へ帰っていた。林が殺されたのは、八月二十日で、二人が萩へ行った日は十八日だ。その日からあくる日の午前中にかけては、知人の家を訪問して歩いたので、いくらも証人がいる。

だが、肝心の十九日午後から二十日にかけて、アリバイがない。二人の主張によると、十九日午後は萩市内外の史跡をめぐって、翌二十日十四時五十八分発、熊本行き『さんべ2号』で下関に向かい、山陽本線の特急へ乗りついだことになる。

ところで、事件が起きたのは、二十日の午後二時十五分。大勢の目撃者がいる前で墜死したのだから間違いはない。萩から佐世保まで、急行を使えばざっと六時間の道のりだ。時刻表を繰るまでもなく、一日半のブランクがあれば楽々と足をのばすことができる。

事件の経過から見ると、お婆さんや女子中学生を犯人にするには無理があったが、アリバイの点では第一にあやしい。二人が警察へ出かけている間、ぼくは家政婦さんの厄介になっていたがまったく気が気ではなかった。

それが急転直下、事件に無関係と決まったのは、清子さんが旅先で会った老紳士の名刺をもっていたおかげだ。

「この名刺のおじいさん……米倉《よねくら》さんが酒に酔ってらしたので、途中の川棚《かわだな》という駅でおりて、介抱したんです。きっとおぼえてらっしゃるわ」

清子の話で、刑事のひとりがすぐさま米倉氏の家を訪ねた。老人の家は熊本市内にあり、折りあしく脳出血の発作が起きた直後だったが、重大な証言を聞くことができた。

とはいえ、発作で舌のもつれる老人を相手に、話をすすめるのは容易ではなかった。川棚がアワアナに聞こえる始末で、じれったくなった刑事は筆談をまじえながら、やっと老人が清子さんのいう通り、川棚で下車したことを確かめた。

萩から下関へ向かう山陰本線で、川棚といえば、国鉄の周遊指定をうけた川棚温泉にちがいない。温泉好きの刑事は、行くあてもないくせに、名前だけは知っていたのだ。

老人は、回らぬ舌で懸命に証言を続けようとした。

「ゴゴヨジごろじゃ……キュウコウらしいキシャに乗ってな……オグシのころでキモチがわるうなって……アワアナでおろしてもろうたわい」

アワアナが川棚なら、オグシはなんだ。刑事はすぐ、川棚温泉のひとつ手前に、小串《こぐし》駅

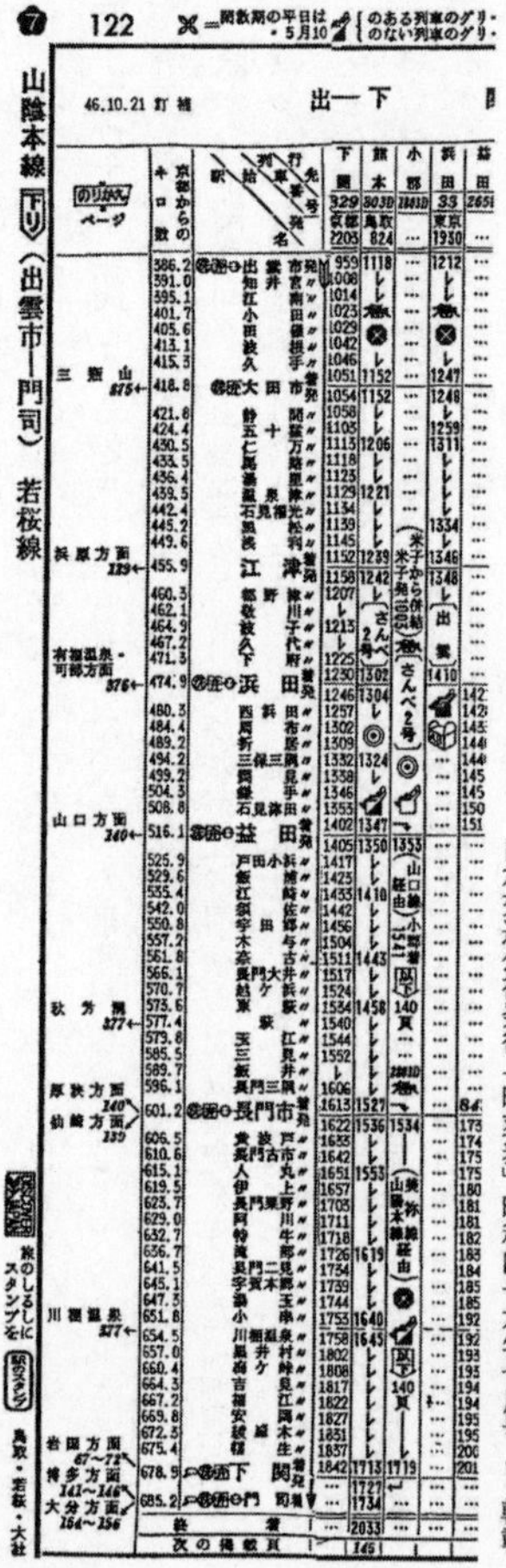

日本交通公社発行「時刻表」昭和四十六年十月号より転載

のあることを思い出して、手帳に「小串」と書いてみせた。老人は、満足そうにうなずき、刑事はあらためて証言の意味を反芻した。

『さんべ2号』の小串発が十六時四十分、川棚温泉発は十六時四十五分だから多少時間はずれるが、老人の乗った列車はこれなのだろう。もともと山陰本線は運行本数が少なく、急行といえば、あとにも先にも川棚十三時十二分の『さんべ1号』と、この2号の二本きりしかない。厳密にいえば夜行の『さんべ3号』は、小串にとまっても川棚は通過だからお話にならない。では、やはり二人は主張通り『さんべ2号』に乗ったのか。ひょっとして、老人が一日かんちがいしているのではあるまいかと、刑事はしつこく日取りをたしかめたそうだ。すると米倉氏は熊本人らしい頑強さで、不自由な顔をゆがめていいきったという。

「絶対、二十日に相違ない！」

米倉老人は数日後に死んだ。再発作で、ごうごうと大いびきをかきながら、酒飲みらしい死にざまであったらしい。

話を聞いて、ぼくはひそかに、この一度も会うことのなかった赤ら顔（だろうと想像するのだ）の老人に感謝した。彼が旅好きで、ゆきあたりばったりの旅行をしていなかったら——飲み助で、小串から川棚へかけてべろんべろんになってくれなかったら、清子さんたちは、たったひとりの証人さえ失っていたことだろう。

■きさまっ！

「どう、調子は」

いつものデンで、カネさんがにやにやと笑う。できた原稿を読みもしないで、毎日のように催促にくるのは、もちろん会社を合法的にさぼれるからだ。こんな役に立たない編集者を飼うのでは、会社だって大変だと思うよ。

「さっぱりですね」

ぼくの返答も、似たりよったりだ。

「近ごろは現実の事件の方が、よっぽど推理小説的だな。やりにくいったら、ありゃしない」

負け惜しみではなく、本音だった。

「ああ、林一曹の事件のことだね」

「うん……なにしろ犯行の現場が密室でしょう」

そうなのだ。廊下に面して、たったひとつしかない2DKのドアには、厳重に鍵がおろされていた。たとえ、清子さんたちにアリバイが立たなくても、密室の謎が解明されないうちは、安全だったかもしれない。

「密室といっても、窓は開いていたんだろう」

「その開いている窓から、落ちたんですからね」

林の部屋は八階にある。まともに落ちても即死だろうに、胸の傷から、大量の血が失われていた。胸に刺さっていたナイフを、墜落直前自分でひっこぬいたらしい。

「目撃者は三人か……トラックの運転手に、マンションの下へ来たばかりのチリ紙交換屋」

「それからマッサージ師だっけね。むかしのあんまさんは目が悪かったけど、今のマッサージのお兄さんたちは、目のいい人が多いね。カネさんなんか、編集者やめて転職したら？　その方がかせげると思うがなあ」

「バカにするな」

『若い空』の先月号で、「現代の謎を追う！」と称する特集をやった。そのとき、林一曹の密室殺人をネタに、とび回ったカネさんは、いろんなことを聞きこんでる。

「だけどさ、目がいいのなら、林一曹を突き落とした犯人の顔も見えてたんじゃない」

「ところがだよ。現場へ行ってみてわかったね……あんまさんは、マンションの玄関を出たところで、悲鳴に気づいて見上げたという。その位置から、八階の窓を仰ぐと、バルコニーが邪魔をして、部屋の中はまるっきり見えない」

「じゃあ、他の二人は？」

「これまた、あいにく、車の窓から見たもんで、窓枠が邪魔をしてるんだ」

「結局、三人とも悲鳴の次は、落ちてくる被害者を見たきりか」

「まあね、おれはマンションの管理人から聞いたんだが、錠前は最新式の電子ロック。中からはボタンひとつで旋錠できるが、外からはどんな細工も許されない。合鍵を作ることもできない」

「カネさん、錠前の会社からコマーシャル代、とってるの」

「とんでもない。無料ＰＲさ」

「それが本当なら……」

ぼくはちょっとバカらしくなった。なぜ警察は、こんな簡単なことに気づかないんだろう。

「結論はひとつきりだね。林一曹は自殺したのさ」

「自殺！」

「うん。だって、自分のミスで何十人かを死なせたんだ。おまけに、誰がどう手を回したのか知らないけど、起訴猶予になっちゃった。まともな人間なら、生きてるのが恥ずかしくならない？　ドアに血痕と、新聞に出ていたよね。林は、自分の胸を刺した。死にきれない。そのとき、血のついた手でドアにさわったんだ。苦しんだ末、ひと思いに窓からとびおりた——」

カネさんのにやにや笑いが、はげしくなった。

「残念でした。その点は、警察でも研究ずみでね。監察医の意見をうかがったところ、左胸部をつらぬいた傷は、被害者自身ではどう工夫してもつけられない角度から、と判明した」

「だけどさ。ナイフの柄を柱に植えこんで、自分から突進する、なんて方法もあるよ」

「甘い、甘い。被害者は、はっきり叫んでいるんだぜ。『きさまっ！』とね」

ぼくは沈黙するほかなかった。これだけ情況がととのっていては、他殺と考えるより仕方がない。

きさま……?

「第一ね」

カネさんが、まだしゃべっている。

「林一曹は自殺するようなタマじゃない。大勢を殺して申しわけないと考えてる者が、民間航空のパイロットに高給で迎えられるはずもないしね。おれの聞いたところでは、かなり調子のいい男だな。防衛隊にはいったのも、制服と、飛行機乗りのかっこよさにあこがれたのが、その理由だとさ」

それなら逆の立場のぼくにもわかる。

両足を奪われただるまさんみたいな姿で、かっこ悪く生きてゆくより、いっそ死んじまえ、そう考えたことだって、ないとはいえない。

ぼくの場合、そんな時にかぎって清子さんがダベリに来たりして、死ぬきっかけをつかみそこねているが、林一曹の場合は、首尾よく民航パイロットに就職したのだ。それが、よりによって、もっともみにくい死にざまの飛び降り自殺を決行するなんて、ありえないことだ。

考えあぐねているぼくに、カネさんが小さなあくびをもらして注文した。

「さあさ、先生。現実の事件が密室なら、小説の方も、負けずに書いてくださいよ……密室をね」

　カネさんは手にしていた薬ビンをポケットにねじこむつもりで、落っことした。ビンはころころと本立てのかげに転がっていった。カネさんが常用している睡眠薬である。……不謹慎《ふきんしん》な大人だ、全く。

第二話・中学殺人事件

■あかずのトイレ

キリコは今日ほどアタマにきたことはない。いくらドアをたたいても、答えがないのだ。もっとも、そこはトイレのドアだから、たとえ返答があったにせよ、愛想よく「どうぞおはいり」というはずはなかった。

金曜の夕方、ふだんならあくびしている時分の中学校のトイレだが、今日は特別である。二年生を男女にわけて身体検査が行なわれていた。

去年の検査のおり、男生徒の不良数人が、こっそり女生徒のヌードをのぞき見した事件があった。不良でなくても、男が女のヌードを見たいと思うのは、きわめて当然の欲望である。

してみると、彼ら若きチカン諸君は、他のぼんくらにくらべると、きわめて積極的、行動的、したがって模範的生徒だったわと、検査場の壁に貼りつけてある校訓をながめて、キリコはくだらないことを考えていた。参考までに、海東《かいとう》中学校訓のひとつを記せば、「積極的行動的生活によって、自己の精神を充実せよ」とある。

いくら校訓でうたっていても、ヌードののぞき見で充実されては、先生の都合がわるいとみえ、今年の検査は、刑務所なみに男女を隔離していた。校舎の右翼と左翼に検査場をはなした上、男生徒側の入り口に見張りの教師を置くというさわぎ。

それもよかろうが、肝心の校医先生が学会のため大幅に遅刻したので、検査の列は長くなる一方だ。暮れ急ぐ晩秋の太陽は、そんなことにおかまいなく、どんどん西にかたむいて、いい加減みんなウンザリだった。おまけにおくれた校医は、お昼をとりそこねたとかで、キリコのひとり手前で、うどんを食べに中座してしまった。

「もったいない……これだけの暇があれば、好きな本三冊ぐらい読めたわ」

ぬぎかけた上着をまた着けながら、キリコは前にならんだ生徒、日置浜子《ひおきはまこ》に話しかけた。けれど浜子は、キリコに背をむけたままである。

「?」

のっぽのスーパーが、浜子の肩ごしにのぞいてみると、相手は手のひらにかくれるほどの英単語カードと首っぴきで、なにやらムニャムニャつぶやいていた。

「おみごと」

キリコとしては一言もない。浜子は、名だたる勉強の虫であったのだ。必死の形相で、スペルを暗誦する彼女の横顔に、キリコは驚き八〇パーセント、哀れみ二〇パーセントの感情をこめて、視線をそそいだ。

(タンテイ小説だのマンガだのに、うつつをぬかしている私が、太刀打ちできるわけないな)

浜子はごく最近田舎から転校してきたばかりだ。服装はアカぬけしないし、なまりはひどいし、いっちゃ悪いが顔の裏表が判然としない程度の器量だった。だから、だれひとり注目しなかった——最初のテストがすむまでは。

テストの結果が発表されるや、大げさにいえば彼女は台風の目となった。それまで女生徒第一の成績をあげていた、柳正子《やなぎまさこ》を軽く追いぬき、男生徒をふくめてトップの座についたのである。たちまち彼女に与えられたニックネームは、イナテンという。その心は、田舎の天才もしくは点取り虫。また一説によると、容貌イナゴの天ぷらに酷似するからだそうで、これはちとかわいそうだね。

そのイナテン女史が、ホッテントットの呪術よろしく、口中ぶつぶつと単語をくりかえしているうちに、うどんのおつゆをあますところなくすすりおえた(だろうと思う……この先生ケチで有名だったから)校医が、やっと検査場にもどってきた。イナテンがおわると、いよいよキリコだ。

「ハークショイ！」

さっきから上着をぬいだり着たりしてたので、すっかり体がひえてしまった。

（責任の半分は先生よ）

とはいえないから、いう代わりに、

「ハークショイ！」

校医の禿頭に、せいぜいくしゃみをひっかける。ともかく、上半身裸ではやりきれない。男生徒に比較して、健康に発育した女生徒の上半身の表面積は、一割以上大なのである。

その理由は……わかりますね。

果たせるかな、キリコを見あげた校医は、耳に聴診器をはさんだまま、ホウという表情になった。

（私の魅力を理解してくれたのね）

禿のてっぺんにキスしたくなったキリコは、次の瞬間ガックリきた。校医先生ときたら、

「この聴診器、工合がわるいぞ、ちょっと、スペアをもってくる」

さっさと保健室へ出かけたのである。

「ついてないわ……ハークショイ！」

結局診察がおわったときには、時間がかかったのとひえたのとで、キリコの下腹は時限爆弾になっていた。

グルルルと、爆弾の催促する音を聞いて、キリコはあわてた。

(いけない! 自然が私を呼んでいる)

手近なトイレは、校舎中央の奥だ。すっとんでいったものの、三つならんだ個室の戸は、無情にも先客をしめすサインが出ていた。だからといって、ほかのトイレへ回る時間も惜しい。キリコはやみくもに、戸をひとつずつノックした。右の戸からもまん中の戸からも、突きとばすようなノックの音がかえってくる。

さすがのスーパーも、せっぱつまってきた。いろいろと本を読んだが、トイレへゆくのをこらえる法なんて、どの本にも書いてなかった。キリコの頭の中を、

(悲劇は第三者から見れば、喜劇である)

という言葉が明滅した。

(とりいかずよしのマンガじゃあるまいし、なんとかして!)

やけ気味で、彼女は残る左の戸をたたいた……が、どうしたことか、返答がない。

(ちょうど、とりこみ中だったのかな)

もういっぺんノックした。依然として答えはなく、キリコのノックは古井戸にのまれた小石みたいだ。

これで彼女は、アタマへきた。

「ちょっと! いないんなら、いないといってよ」

あとから考えると、これは無理な注文だったが、それに気がつくより早く、キリコの目は、足もとにどろりと流れてきた赤いものに吸われていた。

トマトジュース？

キリコは、ふと、そんな突拍子もないものを連想したが、次の瞬間、鼻を衝く異臭に、自分でもびっくりするほどの大声をあげていた。

「血！」

■さよならイナテン

間違いない。

赤い液体は、開かずのトイレの戸の下からじわじわとにじむように広がってきた。トイレが吐きだした舌みたいだ。もはや遠慮している場合ではない。キリコは狂気のようにドアを乱打した。

「どうしたの」

残る二つのドアがひらいて、同級生ふたりが飛びだしてくる。キリコのすぐあとで診察をおえた少女たちだ。キリコは質問に答える代わりに、足もとを指さした。

「なによ、西瓜《すいか》落としたの」

ひとりが、これまたバカなことをいう。だが、笑ってはいけない。ふだんの生活からあまりにもかけはなれたものを見聞きしたとき、とっさには頭が回りかねることがあるものだ。たっぷり二、三秒かかってやっと判断がついたとみえ、少女たちは蛙がつぶれたような声をあげてとびのいている。

この間にも、血だまりは、いっそう広がっていた。中を調べたくても、ドアには頑丈な鍵がかかっている。個室と個室の隔壁は、デパートのトイレなどと違って、ピッタリ天井まで届いているから、歯が立たない。血のしみ出すドアの下部も、隙間《すきま》というほど開いてるわけではなく、床にほおを押しつけたところで、中の様子はさぐれそうになかった。

「どうした！」

「なにをしてるんです！」

さわぎを聞きつけて先生が数人とんできたものの、ふくれあがる血だまりを見て、これまたうろたえるばかり。

「仕方ありません。戸をやぶっていいですね」

先生の許可をもらったキリコが大喝一声、

「ちぇーすとっ」

空手の飛び蹴りが決まって、めりめりばきんとドアが破れた。

割れ目から中をのぞきこんだキリコは、また大声をあげた。

「あ……あ……あ」

意味不明である。さすがの女豪傑も、できたての死体に対面したのは、生まれてはじめてで、勝手が違ったとみえる。

血だまりの主であるイナテンは、まるでそこが自分のベッドルームみたいに、体をくの字に折って眠っていた。右の胸にひらいた傷口から、ほとんど無限に吐き出された鮮血のため、すぐにはわからなかったが、少女は右手にナイフをもっている。

「ひ、日置さん！」

キリコのうしろから、鶴のように首をのばした中年の女教師が、いまにも泡をふきそうな声でわめいた。

「そこをどきなさい！」

ヒステリックにキリコを突き飛ばそうとして足がもつれ、あべこべに自分の方がひっくりかえった。

「先生、さわっちゃダメ」

どうやらキリコは、いつもの彼女にもどったらしい。

「なぜです！」

食ってかかる女教師。

「日置さんは、うちのクラス一番の優等生ですよ」

そんなことは、関係ない。

「優等生だって、劣等生だって、変死した場合は警察へ届け出ることになってますわ」

「変死だなんて、日置さんは自殺じゃありませんか」

この先生、専門は国語なのに解釈を間違えてる。

「自殺も変死のうちなんです。それに他殺の場合も考えられます」

「他殺！」

女教師ばかりか、おしよせる弥次馬生徒の整理にあたっていた他の教師も、いっせいに悲鳴をあげた。

「他殺というと、人殺しですか」

「はい、国語の時間ではそう教えると思いますわ」

国語教師岩淵徳子《いわぶちとくこ》のあだなは、フルネームがコクゴ・ア・ズルズーだ。英語でいうにわとりの鳴き声をもじったもので、略してズルズーという。

ズルズー夫人は、にわとりそっくりのうすい顔をふるわせ、くちばしをとがらせた。

「あなた可能さんでしたね。なぜそんな、おそろしいことをいうんです」

キリコは苦笑した。

「だって、女の子が自殺するのに、トイレの中を選ぶでしょうか」

血のりでテラテラと光るナイフを見て、

「七徳ナイフで突いたりするでしょうか」

「現にしてます、この通り」

ズルズーが長い指でさす。

「自殺する人間なんて、半分頭がおかしくなってるんだから、まともなことは、考えるはずありませんよ」

「それはそうかもしれませんが」

キリコの目は、イナテンの傷口にそそがれた。

「でも、同じことなら早く、楽に死のうとするはずです。だったら右じゃなく、心臓を刺すと思いますわ。それに、イナテン……日置さんは、右手でナイフをつかんでいます。なおさら、左胸を突くのが自然でしょう」

いってから、キリコは目を伏せた。耳にまだ、先ほどの呪文めいたイナテンの声がのこっている。

（かわいそうに……あなたはよく、四当五落といってたわね。四時間しか眠らない者だけが高校受験に成功する。五時間眠ったら落第だって。これであなたは、はじめて熟睡できるんだわ）

皮肉ではない。キリコはこのとき、心の底からイナテンを哀れと思ったのである。人として生まれてきた彼女は、いったいなにを楽しんだというのだろう。本といえば教科書、テレビといえば英語講座。おしゃれといえばせいぜい髪をリボンで結ぶことくらい。レッド・ツェッペリンもバカラックも、レモンたんも古谷三敏《ふるやみつとし》も、彼女にとっては、無縁の人物であったろう。

勉強が好きだったから、いいじゃないかって。ご冗談でしょう……どこの世界に、英・数・国・社・理の五科目だけを、偏愛する勉強好きがいるもんか。イナテンは、美術や音楽ではあきれるほどの無能ぶりだった。いうまでもなく、受験に関係ないから勉強しないのだ。体育の時間になると、きまって頭痛をおこして授業を休んだ。そうやって浮かした時間で、せっせと単語帳に取り組んでいたに違いない。

(先生だって、グルなんだわ。総合テストといいながら、周辺学科はほったらかし。だから、英数国社理を集中的に猛勉するイナテンが群をぬいた。あとはさぼり放題の彼女を、とがめるどころかあおりたててるんだもの)

その、わが校のホープは挫折した。だれが……なぜ……どうやって殺したのか?

「苦しかったでしょうね。突かれた場所は致命傷にならなくても、なまじナイフを抜いたから、一時に大量出血して……そのショックに心臓が耐えられなかったんだわ」

キリコはそっと体をひいた。古めかしい形だが、両手あわせて合掌する。投げ出されたイナテンの右ひじのあたりに単語帳が落ちていた。ｆｒｏｇ……蛙。文字の上に、べっとりと血がなすりつけられて。

「殺人だとしたら、なぜ錠がかかっていたんです！」

ズルズーは、まだしつこくかみついてくる。

「人殺しは、どこからはいってどこへ逃げたというんです。はっきりしなさい」

ややヒステリー気味になってきた。わかる、わかる。名門海東中学で殺人事件が発生したとあっては、教師の立場がない。だからといってズルズーに、押しかえされるスーパーでもなかった。

「よくある話ですわ」

キリコは、先生になったような口ぶりで解説する。

「こういうケースを密室といいます。実際の事件にはめったになくても、推理小説ではゲップの出るほどあつかわれるテーマですもの」

「推理小説！」

ズルズーは顔をしかめた。

「くだらない。そんなものを読む暇があるなら、なぜ紫式部や清少納言を読まないんです」

先生という人種が、実にあつかいにくいものであることを、キリコが思い知ったとき、いいタイミングで警官がかけつけた。

とたんに、今までガミガミいっていたズルズー夫人は、善良な市民となって、一心に訴えはじめた。

「おそろしい、本当におそろしい。こんな事件は、本校はじまって以来のことですわ、ああ、おそろしい」

■おしゃべりA

「で、検証の結果、他殺と決まったんだな」

「ズルズーのいう通り、最高におそろしい事件になったわけです」

秋の光がキリコの部屋いっぱいにみなぎっている。あけっぱなしの窓から、東京らしくない底ぬけの青空も見えて、ゴキゲンな日曜日だ。犯罪を語るに、ふさわしい時間でも背景でもなかったが、集まっているのが、克郎・キリコ・薩次の三人ではやむをえない。

「最高にわからない事件でもあるわけよ。トイレが密室、おまけに、推定される犯行時間内には、だれひとりトイレへ近づかなかったんだから」

「そこんとこ、くわしく説明してみろや」

克郎にいわれて、キリコはノートに見取り図を描いた。

「いい？　エッチな男の子を監視する先生がここ。だから左の廊下を通って、トイレにゆ

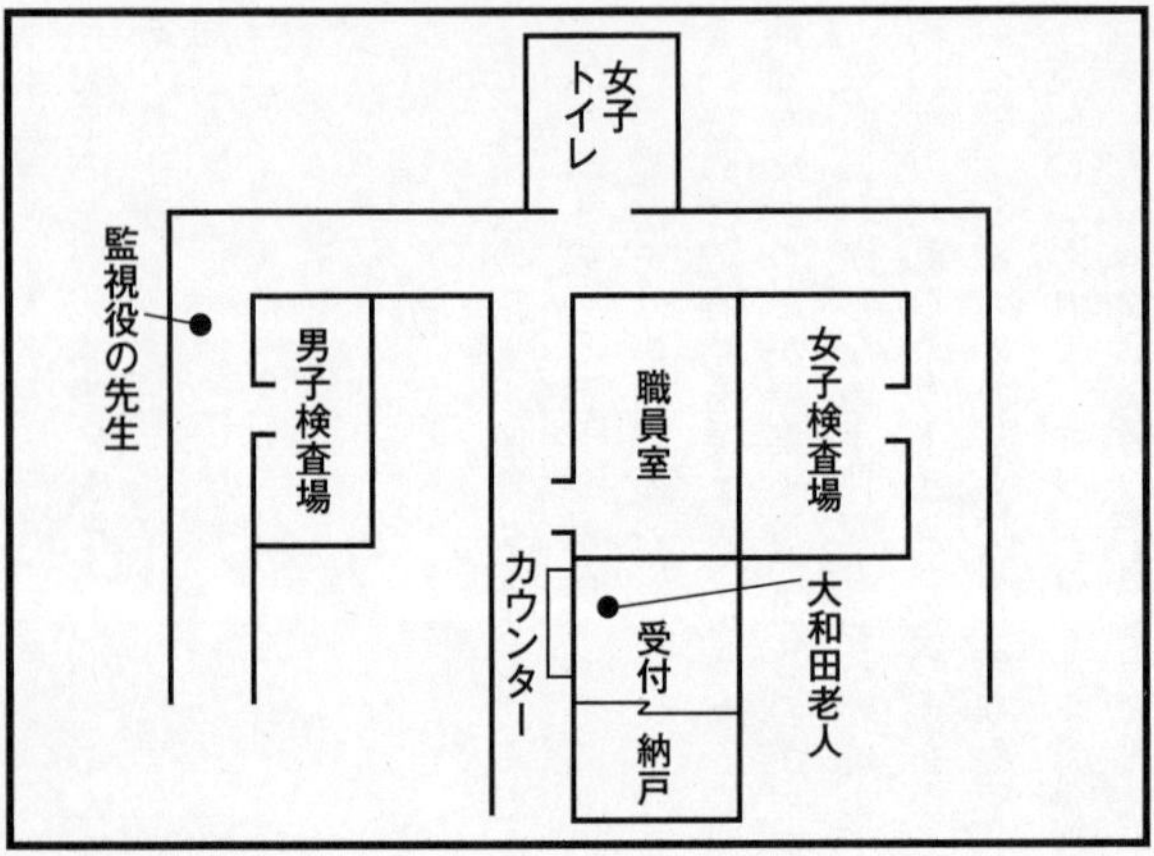

くことはできないわね。これは検査をすませた女生徒なら、右の廊下。だれでも自由に通れます」

「校医先生のうどん休みがすんで、最初に検査をおえたのがイナテン……被害者でした」

と、薩次がつけくわえる。

「おわるや否や、彼女はトイレへ直行した、とこれは可能キリコ嬢の証言です」

「刑事さんにも聞かれたけど、時刻はジャスト午後四時半」

「いやに正確におぼえてるな」

と克郎。

「だってさ、うどん以来、イライラしちゃって、いったいどれだけ待たせる気かって、腕時計とにらめっこしてたの」

それからまた聴診器のとりかえなどあったのち、キリコの診察が完了したのは四時三十五分である。

「服を着ながら、何か忘れ物してるような気分だったの。そしたら、私のあとに続けておわった子ふたり、まるで競争みたいに廊下へ出てゆくじゃない。そいで私も、ガゼン思い出したんだ」

「トイレをかい？」

克郎が呆れ顔になった。

「意外とお前、ニブイんだね」

「何とでもいえ……でさ、かくてはならじと私もトイレに突っ走ったんだな」

「時刻はおよそ四時三十七分」

薩次が確認する。

「そのときはもう、先客の三人――くわしくいうと、二人の人間と一個の死体で、トイレが満員になっていたとね。ふむう、魔の七分間。被害者にとっては、およそアンラッキーなセブンであった」

「さて、まん中の廊下だけど」

「関所がわりに受付がある。ここでチェックできるんだろ」

「あいにくジョーカーは、トランプ占いの最中だったわ」

「ジョーカー？」

「受付のおじさんよ。トランプのジョーカーに似てるの。おまけにトランプが大好きだし」

「肝心の時間に占いとは、しょうがねえ道化だな」

「でも、そこはプロですもの。前を通る人がいたら、必ず顔をたしかめるといばってたわ」

「ふうん。では、問題の四時三十分から七分のうちに、はたして何者がトイレへおもむいたか」

「あのね。水をさすようですけどね、人間て、そうそういつも時計を見てやしないのよ。たまたまさあ、検査場では、私というタイムキーパーがいましたけど」

「わかったよ。おれだって、時計ってやつは、会社のタイム・レコーダー思い出すから、ぞっとしねえ……じゃ、問題の日の夕方、といい直そう。中央の廊下を通って出入りした連中は？」

「それなのよ」

キリコの指が見取り図を這って、

「こんなふうに、受付の手前はガラス戸で仕切られた納戸。受付の奥は壁で仕切られた職員室。でも、この日にかぎって、先生はひとりもいなかったわ。同僚の結婚式があったから、身体検査に必要な数を残して、全員〝高砂や〟をうたいに行っちゃったの」

「すると、残るは外来の客だけか」

「客はあったわ。尾島《おじま》君のママ」

「ほう、ＰＴＡがあらわれたね。話はいよいよ学園ドラマらしくなったぞ。おれのカンによるとだ、そのママは、メガネをかけて金歯を光らせ、ダイヤの指環をはめてだな、キツネみたいな面がまえのざあます奥さんだろ」

「まるっきり違う」

キリコは軽くいなした。

「メガネなし、金歯なし、ダイヤなし。尾島君のママはね、女手ひとつで彼を育てた家政婦さん。そりゃ、誠実そのものなんだから」

「ホイ、定石は通用せんらしい。誠実ママの用件はなんだ」

「尾島君のことで、先生をたずねてきたんだって。かなり深刻な問題なの」

「深刻？　ははあ、たとえば女の子にラブレターを渡したとか」

「幼稚ね、兄貴。『青い山脈』とは時代が違います」

キリコはきめつけた。

「中学生がラブレター渡すたびにうろうろするんじゃ、母親は何人いても足りないわ……。尾島君はね、カンニングをやったの。スポーツマンで気分いい人だけど、勉強はからっきし。大事なテストでバレたもんだから、ことは重大よ。そいでね……」

声をひそめて、

「そのカンニングを、先生に密告したのがイナテンさん」

「おっ」

克郎は、奇声を発した——

「動機はそれだ！」

なんたる単細胞。これが実の兄かと思うと、キリコは情けなくなってしまう。

「で、彼女はトイレへはいったんだろうな」

「さあ」

「見てないというんです、ジョーカーは」

口をそろえる薩次に、克郎は不平顔で、

「変じゃないか。このカウンターに向かってりゃ、職員室からトイレにゆくところが、視野にはいるだろう」

「それが、職員室に背を向けて、トランプ占いしてたらしいんです。すいません」

「君にあやまられても仕方ないけど……本当かい？　てなこといって、おっさん居眠りしてたんじゃないか」

「ご安心。第三の証人がいるの、寿司屋の出前もち」

順序だてて話せば、こうなる。

この日ジョーカーこと大和田《おおわだ》英樹《えいき》は四時ごろから、トランプのひとり占いをはじめていた。当人の解説によると、フランスの女流占い師マダム・ルノルマンの創案した方法で、三から六までおのおの四枚ずつ計十六枚とジョーカーをのぞいた、のこる三十六枚を並べることで、運勢を占うのだ。

しばらく続けていたところへ、顔なじみの寿司屋の小僧が、尾島夫人を案内してきた。担任の先生に会いたいという。占いを中断されて不機嫌になった大和田は、その日教師たちが結婚式へ出席したことをうっかり忘れて、職員室で待つように指示した。

と、こう書けばかんたんだが、実際には、尾島夫人が、担任教師の名を知らなかったために、生徒名簿を繰ることとなり、けっこう時間がかかったらしい。

尾島の母が職員室へはいると、じきに、出前もちが職員室にころがっていた飯台や皿を回収しにあらわれた。

「この時ジョーカーは、納戸の蛍光灯がつかなくなったので、点検していたそうよ」

それを出前もちが目撃して帰ったのだから、少なくともここまでは、大和田老人は居眠りなんかしていない。

結局、蛍光灯はあきらめて、ジョーカーはふたたびトランプに興じはじめた。職員室の入り口を背にしたままだから、仮に尾島夫人がトイレへ行ったとしても、気がつかなかったろう。

「五分かそこらで、尾島君のママは出てきたって。受付の前をスーッと通りすぎたから、声をかけようとしたんだけど、ジョーカーとしては、願望成就か大失敗の瀬戸際だったから、つい、知らん顔したらしいわ」

「五分あれば、たっぷりだな」

薩次がいう。

「トイレへとびこむ、イナテンを刺す、職員室から出てきたような顔で、受付の前をスーッと通りすぎる」

「それでゆこう！」

また克郎が奇声をあげた。

「役に立ちそうもないね、この兄貴」

さじを投げたようにキリコがいった。

「私は私の考えで、推理しようっと」

水をかけられて、克郎はむくれた。

「またはじめやがった」

「なにをよ」

「おれが、できるだけ常識的、かつ妥当な結論に賛成しようとしているのに、役に立たねえとはなんだ。兄貴をバカにするな」

「だって、そうでしょ。犯人を常識的に、尾島君のママに見立てたところで、密室の謎をどう解くつもり」

「密室か、それならそれの考えがあらあ」

「でまかせいってる」

キリコが笑うと、克郎はムキになり、

「簡単じゃねえか、あんなもの」

と大見得をきった。

「大きく出たわね」

「密室にこだわるならば、犯人は尾島夫人ではないぜ。さらにいうならば、現実の犯罪は、小説でもクイズでもない。いたずらにややこしく、むつかしく考えるのが、探偵マニアのわるいくせだ」

「いつかもうかがいましたわ、ご高説。だからその兄貴の議論をよ、今回の事件にあてはめると、どうなるの」

「ふふん、聞きてえか」

兄貴のカンロクでかっこつけて、克郎は声を低くした。

「結論は——自殺だ」

「へ?」

「状況たるや明快。現場が密室を構成していること。自殺と解釈すりゃ、謎もへったくれもありゃしねえ」

「ちょい待ち。すると彼女が、右胸を突いた理由は？　これがギャグマンガなら、実は心臓が右にあった——でオチにしてもいいけど、本編はマジメな推理ものだから、そんな逃げは許可しないわよ」

「むろんマジメさ、大マジメ。彼女は田舎から上京して間もないのに、トップを争う勉強家というんだろう。察するに、受験戦争に疲れはてて死ぬ気になったんだな。だが、自殺はイコール敗北である。敗れて死んだとは見られたくない、彼女に残るはかないプライド。そこで哀れな少女は、自らを、殺人事件の犠牲者に仕立てあげようとしたのさ。南無阿弥陀仏……」

「ムジュンを感ずるわね」

キリコは容赦しない。

「密室にする理由がないわ。そんなことをしたら、かえって自殺と思われるじゃない」

「……だが結果は、他殺と判定されたろう。トイレに錠をおろしたのは、未遂をおそれた彼女が、すぐに発見されないようにしたためと、もうひとつ」

克郎は、にやりと笑った。

「あえて、わが妹に敬意を表するなら、彼女はきみのことをよく知っていたんだろう」

「私の？」

「そう。きみのタンテイ好き、弥次馬精神、おっちょこちょいぶり。なおかつ身体検査場での順番が、すぐあとであったこと。想像するに日置嬢は、あわよくばきみを発見者に仕立て、あわせて他殺を証明させようとしたのではあるまいか。……な？　真相はつねに簡単明瞭だよ」

「残念だけど、日置くんは、兄さんのいうような人じゃありませんね」

ぼそっと口を切ったのは薩次である。

「何だって？」

「受験戦争に疲れて死ぬ、たしかによくある話だけど、そんな結果になる人は、勉強そのものに、あるむなしさを感じてたと思うんだ。ところがイナテンはそうじゃなかった。自分のガリ勉ぶり、点取り虫根性に、これっぽっちの疑いも抱いてなかったんです」

「うん、それは私もみとめるな」

キリコがうなずいた。

「よっぽど親のしつけがよかったんでしょうね。いい生徒になっていい学校へはいれば、いいボーイフレンドができていいお嫁さんになれる。そう頭から思いこんでいたのよ」

「あの人、ブスだったから」

死んだイナテンが聞いたら、化けて出るようなことを、このジャガイモ少年は平然という。

「そんな、ひどいわ」

さすがにキリコは、同性の弁護をした。

「よく見れば、個性的だったわ」

「個性的というのは、美人の意味にならないよ。少なくとも、イナテン本人は、自分をみっともないと思ってた。田舎からきたんで、なまりもぬけなかったし」

「そういえば、ガスの火をつけるのをこわがって、みんなに笑われたわね」

「ああ、トイレの水洗だって、びっくりしたそうだ」

「洪水かと思ったんですって」

二人は、顔を見合わせて小声で笑った。それから、その笑いがひどく死者を傷つけたような気がして、だまりこんだ。ひととき、部屋にみちていたおしゃべりがたえると、秋の日ざしまで妙によそよそしい。

克郎は、タバコに火をつけた。

「お前たちのいう通りなら、彼女……イナテンさんは死んだことを、さぞくやしく思ってるだろうな」

スーパーもジャガイモもうなずいた。

「いろんな意味で、気の毒な一生をおえた友達のために、お得意の探偵ぶりを発揮してやれよ」

兄の言葉に、キリコはもう一度うなずいた。

「ご承知のように、おれは推理は苦手だが、顔見知りの刑事から、情報をさぐるくらいの手伝いならするぜ」

■聞きこみA

兄貴のいう通りだ、とキリコは思った。気の合う相手ではなかったが、イナテンが友人であることは間違いない。その友人を、有無をいわさず死の世界へ送りこんだ犯人に、彼女は烈しい憎しみを抱いた。世の中の面白いこと楽しいことを、なにひとつ知らないまま、イナテンは血まみれでつめたくなったのだから——

キリコはまず、古典的名探偵のやり方を見習って、犯行現場を綿密に調べようと考えた。そこで今日、彼女としては一大決心のもとに三十分早起きして、登校早々、問題のトイレへのりこんだ。

といっても、肝心の個室は、当分の間使用禁止で釘づけだから、代用品としてその隣へ入るつもりだ。用もないのにトイレへはいるのが、少々うしろめたいキリコは、入り口でそっと職員室をふりかえった。トイレに面した側に出入り口はなく、腰高の窓があるきりだ。窓枠の下はすぐ戸棚で、出前でとったカレーライスの皿などがのせてある。その内側を衝立《ついたて》にさえぎられて、教師たちの姿は見えない。

安心したキリコはトイレへはいった。

右手前から二人分の洗面所と、三つの個室が続いている。その一番奥が、犯行現場である。そこへはいるのはあきらめて、まん中の戸に手をかけたとき、あべこべに中からぎいっと開いた。

キリコはもう少しで悲鳴をあげるところだった。こんな早い時間に、先客があろうとは思いもよらなかったし、しかもあらわれたのが男だったから。彼女が悲鳴を中止したのは、その男性が薩次であったためだ。

「ハレンチね！　ここは、女性専用よ」

だが、薩次は、凸凹の多いわりに、つかみどころのない顔で答えた。

「わかってる。調べてたんだ」

「なにを」

「たぶん、スーパーとおんなじだよ。どんな方法で密室がつくられたのか」

「なるほど。男のきみでは、おいそれと女子用トイレへはいれないから、こんなに早く来たっていうの。武士の情け、見逃したげるわ」

そこでキリコも、あらためて個室をのぞきこんだ。いまさらのぞいたところで、べつに変わったものがあるわけじゃない。タンスやチャブ台をそなえつけたトイレなんて、聞いたことがないからね。

この学校のトイレは平凡だ。正面の壁は天井から床まで、ベージュ色のタイルが張りつめられ、隣との隔壁とドアは、ビニールペンキぬりの板である。ドアは内びらきだから、ちょうつがいを外からはずすことはできない。錠も、つい二、三日前とりかえたばかりの新型である。施錠するには横棒を押し、解錠するには小さなボタンを押せば、バネの力で受け穴へ食いこんでいた横棒が、もとへもどる仕かけだった。

便器は洋風の腰かけ便器で、ロータンク式の水洗。流すついでに手洗い用の水がいっしょに出る、便利な型式だ。

「できっこないわね。外から錠をかけるなんて」

錠の構造や戸の隙間を調べていたキリコは、やがて音《ね》をあげた。さすがに新製品だけあってよくできている。

「外からかけるどころか、中で錠をはずすのだって、まごついたわ」

ボタンに気がつかない人は、横棒をもどそうとする。どっこいバネの力が強いため、おいそれと開かないのである。

「薩次くんには、わかったの。どうやって密室を作ったか」

くやしいけれど、質問をこころみた。だが薩次は、問題をはぐらかした。

「密室のポイントは、どうやって作ったかじゃない、なぜ作ったかにある——と、だれかがいってたなあ」

そこへ下級生が、はいってきた。二人を見て、目を丸くしたので、キリコもあわてた。

女子トイレで、ボーイフレンドと密談なんておだやかじゃない。

「あらどうぞ。もうすんだのよ」

とか何とかごまかして廊下へ出ると、キリコは職員室の前を通りすぎて受付へ進んだ。

どこへゆくのとも聞かず、薩次は黙ってついてくる。

ジョーカーじいさんは、あくびをかみ殺しながら、書類の整理をはじめていた。

「お早うございまぁーす」

キリコがほがらかに声をかける。

「はいよ、お早う」

答えながらじいさんは手を休めない。ながら族の先駆者といっていいだろう。

「あのね、おじいさん。こないだの事件だけどさ」

できるだけ、なにげない口調だ。

「また例の話かね」

大和田じいさんが苦笑した。

「ずいぶん警察でしぼられたでしょう。本当にあの日、ほかにぬけ道はなかったのかしら。

そうすれば、おじいさんと関係ないのにね」

「それがそうはゆかんのだよ」

ジョーカーは、話にのってきた。

「校門のあたりでも、通用門の付近でも、子供たちが遊んどった。尾島さんの奥さんをのぞいては、いつも見かける顔ぶれしか、通らんかったという。トイレの高窓も人の出入りした形跡はなく、廊下で外に面した窓には、ぜんぶ錠がかかっておった」

「じゃあ、あやしいのは、いよいよ尾島夫人てことね」

「いや、わしゃそんなことをいうとるわけじゃない……あの奥さんが一たんはいった職員室から、トイレへ出かけたというなら話はべつだがね。聞けば、死んだ日置さんに恨みがあったというじゃないか。職員室の窓から、トイレへゆく彼女を見て、むらむらと殺意がわいてきて——と、考えられんでもないて」

ジョーカーは、案外に弁が立つ。

「うまい、うまい」

キリコは、けしかけるように笑った。

「だが、残念ながらわしゃ、奥さんが職員室を出るところを見ておらん」

「背をむけて、トランプ占いしてたから？」

その時正面に位置していたはずの納戸を見る。素通しのガラス戸の中にガラクタがうずたかく積まれて、蛍光灯に照らされていた。三方は壁だから、明かりがなかったら昼でも真っ暗だろう。おかしなところに納戸を作ったものだが、受付のスペースに余裕があったので、物入れの必要に迫られたとき、一番に槍玉《やりだま》にあげられたのだ。

「その代わり、尾島夫人が、職員室を出なかったと証明することもできないわ」

「まあね。それで奥さんに、えらい迷惑をかけたらしい。先方は、職員室を出たのは帰るときだけだ、疑うならわしに聞けといいなすったそうじゃが、あいにくご希望にそえなくてな」

「おじいさんも、意地悪くそっぽを向いてたものね」

なんの気なしにいった言葉に、ジョーカーは大まじめで反論した。

「そんなつもりで、トランプ占いしとったわけじゃない」

「だけどもし、尾島夫人の疑いが晴れたらさ、今度はおじいさんが危なくなるわよ」

「あ?」

老人は目をパチクリした。

「だって、トイレへ行くには三本の道しかないんだもの。その一本は、男子の検査場の前で、先生が頑張っていたから通れない。もう一本は、私たちの廊下で、これもしょっちゅう人目があったから、日置さんの前にだれもトイレへいっていないことは確認ずみ。だから犯人の出入りしたコースは、この廊下。いまのところ、あやしまれているのは尾島夫人だけど、もしも私が犯人なら、夫人に有利な証言はできるだけひっこめて、自然と疑いが濃くなるようにしむけるわね」

「ほう……」

はじめキョトンとしていたジョーカーは、キリコのいおうとする話の内容がわかると、次第にうす笑いをうかべてきた。

「尾島夫人をシロだと仮定すれば、クロはおじいさんになるわけよ。反対に、おじいさんがシロなら夫人はクロ」

「ほう、ほう」

ジョーカーは、ふくろうのような声を出した。キリコが強引に、こんな話題へひきこんだのは、むろん理由がある。山添みはるのときに効果のあった、イチかバチか、あてずっぽうで核心に迫ってみようとしたのだ。

万能スポーツ選手としていいセンいってる尾島のために、犯人が別にいてほしい——そんな心中の願いが、キリコに無理な飛躍をさせたのかもしれない。だがこれは、山添のようにキリコといくつも年の違わぬ場合はともかく、人生の甲羅をつけて、うそやでたらめになれっこになっている大人には、まるで通用しない方法だった。

「なるほどねえ。ははは、なるほど」

ジョーカーは、トランプの中の道化師そっくりに笑った。

「え?」

山添のときとは、大分勝手が違うようだ。

「三マイナス二、イコール一ですもの。簡単な計算でしょう」

対抗上キリコも、無理やり笑った。

薩次は、二人のやりとりを、聞いているのかいないのか、視線を宙に投げている。薩次なりに、なにか一心に考えつめているらしい。

「そのマイナス二だがね、スーパーさん」

ジョーカーは、ちゃんとキリコのあだ名を知っていた。裏返すと、それだけ彼女が有名なんだろう。

「ちと早計ではないのかな。犯人は、正面のコース以外から、おしよせたかもしれん」

おや、とキリコは思った。マンガ風にいうなら、(ぬぬ! できる)てな感じだ。

「ああ、そうか。検査場の見張りの先生が、あやしいというのね。おじいさんを疑うなら、同じ立場の先生も疑うべきだと。でも残念。検査場から出てゆく男生徒を見はっているということは、いいかえれば先生は、男生徒に見はられているってこと。絶対にトイレへゆく暇はなかったの」

「スーパーさん、かんちがいしちゃいかん」

ジョーカーは、いよいよ落ち着いて、

「わしがいっとるのは、先生じゃない。生徒の方だ」

「生徒?」

キリコは、きょとんとした。

「というと、日置さんのあとにトイレへはいった二人の女生徒のこと」

「三人だよ」

念を押すジョーカーだ。

「あんたも、すぐあとから追ったそうじゃな。この三人が共犯すれば、らくに日置さんを殺せたろう」

「……」

キリコが口をぱくぱくする様子を見て、薩次は失笑した。ミイラとりがミイラになるという、古いことわざがある。犯人を捜すつもりのキリコが、犯人あつかいされたのだからかたなしだ。

「だって、そんな、三人の共犯なんて」

「動機は、そうだな。あんたたちはそろって学校の成績は上の下じゃったという」

スーパーレディーのキリコだけれど、脳味噌の大部分を学校と無関係のことに使っているので、成績はさっぱりだった。

「……日置さんの転入で席順がひとつずつ下がったことは目に見えとる。食うか食われるかの進学戦争じゃ、たったひとつ下がっただけでも影響が大きい。そこで席順を回復するもっとも確かな方法は、彼女を殺すことだ」

「ありうるなあ」

感心する薩次を、キリコはにらみつけた。

「かのアガサ・クリスティは、『オリエント急行の殺人』で、ひとつの動機に結ばれた＊＊＊による謎を描いとる。また、＊＊＊＊ぶっとるやつが、実は真犯人じゃった例なら、江戸川乱歩の『悪魔の紋章』、都筑道夫の『蜃気楼《しんきろう》博士』などがあるぞ」

ジョーカー老人はまくしたてた。いやどうも、これはキリコも相手が悪かった。このじいさん、いっぱしの推理小説ファンだったのである。

「すみませーん」

ついにキリコは、かぶとをぬいだ。

薩次の前で、ずいぶんだらしないところを見せたものだ。

(これだから私は、おっちょこちょいといわれるんだわ)

■聞きこみB

「あわてちゃいけないのよ、あわてちゃ」

知らない人が聞いたら、キリコが薩次に説教してるようにみえる。

学校の帰り道だった。背はおなじでも、スラリとしたキリコと、ずんぐりむっくりの薩次では、どうしても薩次の方が低く見える。

「どんな名探偵だって、データがそろわなかったら判断をあやまるわ。あのシャーロック・ホームズだって、ネス湖の事件では失敗したんだから」

キリコがいうのはコナン・ドイルの小説ではなく、ビリー・ワイルダーの映画版『シャーロック・ホームズの優雅な生活』である。

性《しよう》こりもなくスーパーは、尾島家を訪ねることにしたのだ。データを集めるのに苦労するのは、探偵として当然のことである。

「ごめんください」

尾島の家は木造のアパートだった。青山にこんなボロ家があるのかと感心するほどで、建てつけのわるそうな窓に、おむつのアクセサリーがぶらさがっていた。

尾島夫人は、ここの管理人兼家政婦だった。

「あ、守《まもる》のお友達ね。いまお使いにいってるけど、じき帰りますよ。どうぞ」

若いころは相当な暮らしをしていたとみえ、貧しくてもさっぱりとした身なりで、品のいい小母《おば》さんだ。

「さあ、さあ」

ところが出してくれた座ぶとんはひとつきりなので、スーパーに続いて部屋にあがった薩次はちょっと困った。

「おやまあ、お二人なの。ごめんなさい」

夫人はあわてて、もう一枚の座ぶとんを押し入れからひっぱりだした。

「ぼんやり者で、おまけに目がわるくてね」

「メガネおかけにならないんですか」

キリコに聞かれて、夫人はきまり悪そうに、

「高くてね、それに仕事に邪魔っけでしょう。守がアルバイトで、コンタクトを買ってくれるそうだけど」

尾島君は、運動部のほかにアルバイトもしているのか。キリコはカンニングの必然性がわかったような気がした。

「数学の宿題のことで、うかがったんですけど」

いいわけめいた口ぶりのキリコは、やがてあいまいな笑顔をつくって、

「大変でしたわね、警察」

声をひそめた。

「え？　ああ……」

尾島君のママは、当惑顔だ。あまりうれしい話題ではあるまい。だが、それに同情して

は探偵役がつとまらない。無神経にキリコは続ける。

「小母《おば》さんはトイレにいったんですか」

「行きゃしませんよ」

「だけど、証人がないんでしょう。辛いなあ」

「証人は、あります」

急にママが、声をはった。

「受付のおじいさんが、うそをついてるんですよ」

これは聞きずてならない。

「どうして、小母さん」

「あの人警察では、職員室に背をむけたといってるけど、うそだわ。ちゃーんと職員室の出入りを見張ってました。帰るとき、私は見たんです」

「ジョーカーが!」

「はあ?」

「あ、すみません。ジョーカー、つまりトランプの鬼札。大和田さんのあだ名ですけど」

説明しながら、キリコも薩次も、キツネにつままれたような顔になった。

受付は外部からの出入りをチェックするのが役目だ。したがって、ジョーカーのいうように、職員室を背に座るのは常識といっていい。現に二人とも、老人が納戸を背にした図など、一度も見たことがない。そういうと、夫人は断乎《だんこ》として首をふった。

「帰りがけ、職員室から出たとたんあのおじいさんと目が合ってね。おじいさん右手でせっせとトランプを切ってましたよ」

それに対して、キリコがなにかいおうとしたときだった。ぎいっと入り口の戸があいて、尾島守がたくましい体を見せた。

「あ、守。お友達が……」

ママが説明しようとするのも待たず、守はあごをしゃくった。

「スーパー、ジャガイモ。ちょっときてくれ」

「外へ出るのかい」

薩次は、守とキリコを見くらべた。聞きこみはまだはじまったばかりだ。スーパーはもっといろんなことを聞きたいに違いない。だが、キリコは意外に素直だった。

「いいわ……出ましょう」

外はもう暮れかけていた。

アパートの裏に、高い塀がめぐらせてある。ボウリング場の建設用地だが、町ぐるみの反対運動にあって、基礎工事にかかったばかりで中止の憂き目を見ていた。

守は、そこへ二人をみちびいた。部屋にはいってきたときから、様子がおかしいと思ったが、もうおそい。

「よけいなことは、やめろ」

声変わりしてだいぶ年季がはいっている、ドスのきいた声だった。

「よけいなことって？」

キリコは、平然ととぼける。

（女って芝居がうまいや）

薩次は舌をまいた。いつも冷静そのもののジャガイモなのに、自分でも知らぬ間にほおの筋肉がピリピリとふるえている。腕力にまったく自信のない薩次は、先天的にケンカアレルギーなのだ。あきらかに守は、腹を立てている。なにかひと言口に出せば、即座に拳固を見舞われそうな雰囲気だった。——と、そう考えただけで、ジンマシンが出そうな薩次である。発疹のおきたジャガイモなんて、あまり見よいものじゃない。

「母さんを、さぐろうとしやがって」

守はうなった。

「どうせ、探偵になったつもりでいるんだろう」

山添みはるの事件で、キリコが探偵をつとめたことは、みんなが知っている。

「ありもしない宿題に、かこつけてよ」

「なあんだ」

キリコは笑った。

「尾島くん、あのときからもう、部屋の前で立ち聞きしてたの」

「うるさいっ」

守の声が、うわずった。心底から、本気なんだ、薩次はぞっとした。二人のうしろには、地下室工事のためぱっくりと大穴があいている。

「お前たちは、母さんを疑っているんだな。そうだろう」

「違うわ」

キリコが、ひどくはっきりといった。

「きみのママは、職員室を出ていない」

「どうして、そんなことがいえるんだ！」

守が一歩、前へ進んだ。その手に、太いボルトがにぎられているのを、キリコは見たのか見ないのか……

「ジョーカーが、うそをついているからよ」

「なんだって」

「あのとき、ジョーカーは、職員室の出入り口を見ていた……なのに、見えないと言った」

「ふん。母さんの話を真にうけたつもりで、ごまかそうってのか」

守の声から、力が失われた。

「おれだって、うそをついたのはジョーカーだと思いてえ。だが、そんなはずないんだ。

あいつが占いをするときは、きまってカウンターを右におく。それがあいつのジンクスだと、いつかいっていた」

「でも、ジョーカーには見えたのよ。それは……」

「でたらめをいうな！」

さっ、と小さな金属が、風を切る音がした。守がボルトをつかんだ手で、キリコのほおを打とうとしたのだ。

鋭い衝撃に、火花が散った。半歩しりぞいたキリコが、これまた右手にかくしていた小さなスパナで、受けとめたのである。

「うっ」

思いがけぬ逆襲に、守はうめいてボルトを落とした。

「吉岡流小太刀《こだち》、八双《はっそう》の構え……なんていうのはでたらめだけど、スパナとボルトじゃ勝負にならないわ」

笑ったらしい。暗い中で、キリコの歯が白く光った。

「ちくしょう……それでも女か！　お前……」

力にかけては、自信のあった守だが、スーパーだけには歯がたたない。そこがまた、スーパーたる所以《ゆえん》であるのだが。

「ええと、続きを話すわね。ジョーカーは、職員室を背にしながら、出入り口が見えた。

なぜかって、そのとき納戸の蛍光灯は消えていたためよ」

守は、ポカンと聞いている。

「わかった」

薩次が、おずおずと口を出した。活劇ムードに押されて、小さくなりながら、

「間のガラス戸が、鏡になっていたんだね」

得意顔で、キリコはうなずく。

「ハイ、よくできました」

「手前が明るくて、奥が暗けりゃ、ガラスは光を反射する。帰りがけ、小母さんが見たのは、だからガラスに映ったジョーカーだった」

「もちろんよ。目のわるい小母さんが、カンちがいしたのも無理ないけど、トランプ占いは、右手で切るもんじゃないわ。右手は汚れ、左手は清浄という伝説があって、カードを切るのは必ず左手と、ルールが決められているの。小母さんのその言葉で、ガラス戸が鏡になっていたとわかりました。

当然、ジョーカーは、背をむけながら廊下を監視することができたのに、まったく見えないとうそをついている。理由は？　そう、そのことによって、小母さんを疑わせたかったから……」

「あの野郎！」

守が叫んだ。

「おれ……おれは、てっきり、母さんがイナテンを殺したと思ったんだ……七徳ナイフなら、いつかおれ、職員室で見たことがある。母さんが部屋にはいったとき、窓の外を通ってイナテンがトイレへ行った。それに気づいて、ナイフをつかんだ母さんが、職員室をとび出した……そう思いこんじまったんだ」

「落ち着いて職員室をごらんなさい。トイレの見える側の窓には、衝立があるのよ。わざわざ回りこまないかぎり、検査場からきた日置さんに気がつくもんですか」

キリコは、薩次を見た。

「トイレに近づく可能性があるのは、ジョーカーと小母さんの二人だけだったわね。ニマイナス一……ジョーカーは、やっぱり犯人だったのよ！　さもなければ、危険をおかしてうそをつく必要がないでしょう」

「いいえ、必要はあったんです」

声が聞こえた。塀の木戸が開いて、尾島君のママがはいってきた。

「小母さん！」

「守がご迷惑をかけまして」

深々と下げた夫人の頭に、いく筋もの白髪が見える。

「おかげで、大和田のうそがはっきりいたしました。ありがとう存じます」

「はあ……」

せっかくの論告を中断されて、キリコは口をモグモグさせた。

「うそをつく必要って……ジョーカーに、そんなものがあったんですか」

「ございました。やっと、あの男を思い出しました。どこかで見たような、とは思っておりましたが、つい……目がわるいものですから。ええ、あちらではとっくに気づいていたことでしょう」

尾島夫人は、くやしげに唇をふるわせ続けた。

「もう二十何年も昔のことですわ。戦争後のどさくさで、それはあくどい商売をしていた小出《こいで》……それがあいつなんです。亡くなった主人が、その男から金を借りたばかりに、家も土地も、残らずしぼり取られてしまって。

目にあまる悪事に、とうとう警察が動きはじめたとき、小出は雲がくれしたあとでした。時効になってはおりましょうが、そんな悪党が、学校の事務をとっているなんて……小出は、顔見知りの私を、二度と学校へこさせないようにと考えて、うそをついたに違いありません」

「ジョーカーが、大和田じゃなくて、小出……本当ですか」

そんな理由があったとすれば、犯人でなくてもニセの証言をしただろう。キリコにとって、少々都合の悪い新事実だった。

「はい。本名を小出淡《あわい》……濃い薄いの『淡《たん》』という字ですけど、うすいどころか金の欲にかけては人一倍。借金した者の間では、小出淡じゃなくて小出青鬼《あおおに》と、かげ口をきいておりましたの。あなたが鬼札とおっしゃったとき、ふっとそれを思い出して……」

「だけどよ、母さん」

意外ななりゆきに、だまりこくっていた尾島守が、ようやく口をはさんだ。

「母さんのかんちがいってこともあるぜ」

「たぶん……」

夫人より先に、薩次がそっといった。

「お母さんの記憶は、正しいと思うな」

活劇シーンでは、うろうろするばかりだったのに、今は口調も冷静そのもの。

「ジョーカーは、うしろ暗い前歴をかくすために、偽名を使ってぼくらの学校へ雇われたんだよ」

「どうしてそう、あっさりと決めちゃうのよ」

キリコは大いに不満である。

「ぼく、いつかジョーカーの名を、間違えて読んだことがある。大和田英樹《ひでき》っていったらジョーカーはぷりぷりして、ヒデキじゃないエイキだと」

何をこのジャガイモ少年はしゃべりだしたのかと、尾島母子《おやこ》はポカンとしている。だが

薩次は、マイペースで、

「ジョーカーが、大の探偵小説ファンだってことは、さっきの聞きこみでわかったよね。それならきっと、アナグラムも知っていると思うんだ」

「あ！」

キリコが口の中で小さく叫んだ。

「アナグラムというのは、文字を置きかえて、まったくべつの言葉にすることです」

と、これは、推理小説に縁のなさそうな尾島母子《おやこ》むけに、薩次のサービスである。

「例をあげると、よくわかるんだが……」

「モーリス・ルブランの作品にあるわ」

打てばひびくように、キリコの記憶力が好例をひきだす。

「スペイン貴族ドン・ルイス・ペレンナというのが、実はアルセーヌ・リュパンなの。スペルを見ればこれが立派なアナグラムよ。Luis Perenna の文字をならべかえれば……ほら Arsene Lupin になるじゃありませんか」

「ご苦労さま」

スーパーの労を、薩次はケロリとしてねぎらった。

「ええと……つまり、だからさあ、ジョーカーも偽名をつけたとき、そのアナグラムをやってるんだ。Awai Koide をおきかえて、Eiki Owada……ヒデキと読まれちゃアナグラムが成立しないから、それでジョーカー、怒ったんだよ。探偵小説のファンて、バカ正直なんだねえ」

■おしゃべりB

尾島夫人の知らせで、ジョーカーは改めて警察の調べをうけることになった。薩次の推定は正しく、大和田が小出であることは日ならずしてわかり、ついでジョーカーが、学校の金から数十万円使いこみしていたことも、バレた。ズルズーは、薩次とスーパーを職員室に呼び、親しく二人の手をにぎって、感謝したというが、まあそんな話はどうでもいい。

「うそつきじいさんに、トサカへきて、警察じゃかなりジョーカーをしめあげたそうだぜ」

例によって例のごとく、キリコの部屋に集まった三人。克郎の仕込んできた情報を、残るふたりがおとなしく聞いている。

「ひょっとしたら、イナテン嬢は、ジョーカーの悪事を知っていて、それで殺されたんじゃないかとね」

「ふん、ふん」

そうなれば、スーパーの見こみに一致するのだが。

「ところがじいさん頑強で……こうみえても二十年前は、百万、二百万の現ナマを両手につかんでいたこのおれだ。たかが十万やそこいらのはした金で、人ひとりを殺すもんか！てなぐあいらしい」

ゼスチュアまじりの報告に、キリコは首をかたむけた。

「やっぱり、ジョーカーじゃないのかしら」

「いや、まだ望みはある。というより、ジョーカーでなかったら、だれがトイレへ近づけたんだ」

三つのコースの疑問が、もういちど克郎の口から提出された。そして、密室。

「そうだわ。密室の謎もそのままよ」

スーパーがくやしがる。

「ね、天井に換気口があったわね。あのふたを外して、ナイフを投げつけたらどう」

「だめだめ」

克郎がニべもなく否定した。

「警察が検討したところ、この数年まったく人のふれた気配はないそうだ。……ひでえ学校だね。まるっきり、トイレの掃除をしてないってことじゃねえか」

「校長に伝えとくわ。それより、えーと密室、密室」

しばらく唸ったキリコは、

「うんこれがいい」

手を打った。

「水洗のさ、鎖をひくでしょう。あの鎖、ひっぱるのにかなり力がいるわね。で、タンクにしかけしておいて、エイヤッとひっぱると同時に、ナイフがびゅーんと飛ぶように……」

克郎がふき出した。

「血迷うなよ。そんなメカニズムは、どこにもなかったぞ」

「むろん装置一式は、死体発見でさわいでいるうちに、こっそり犯人が取り外す……いけない、現場保存したのは私だった」

キリコが舌を出すと、薩次はニコリともせず、つけくわえた。

「まったくありえないトリックです。あそこのトイレは、ロータンク式の水洗ですからね。ひくべき鎖がありません……水を流すときは、目の前のタンクについたレバーを操作します」

「あわわ、そうだっけ」

血迷うと自慢の記憶力まであやしくなる。

「トイレのことなんて、くわしくもないもん。この次の事件までに、『水洗便所設備概要』でも読んどくわ」

急に、薩次が立ちあがった。

「失礼します」

「あれ、もう帰るのかい」

克郎は妙な顔をした。短い初冬の日が、まだ家々の屋根に高い。こんなに早く、薩次がおみこしをあげるのは珍しかった。

「はあ……お兄さんに、その後の取り調べの模様を聞きたかっただけですから」

「私んとこへ来たんじゃなくて、兄貴のところへ来たの」

キリコは不満そうにいった。

「たまには、いっしょに宿題でもやろうと思ってたのに」

「よせよ、雨が降る」

克郎は茶化したが、薩次の方はその言葉で考えついたように、

「うん、そうだ……ぼく、柳さんの家へ寄る。宿題を見せてもらう約束なんだ」

「柳さん?」

聞きかえすキリコの声に、ほんのちょっとトゲがあった。柳正子、イナテンに次ぐ優等生で、柳寿司のひとり娘だ。これがテレビドラマなら、和泉雅子《いずみまさこ》あたりの役どころだが、本人もなかなかの美人、あと数年でいっぱしの看板娘に育ちそうである。ボーイッシュなキリコにくらべるとグッと女っぽくて、ヘアスタイルからコスチューム、おしゃべりのときの目の動きまで、男の子を意識しているあたり、

（いやったらしいわねっ！）

と思うものの、そう思わされること自体、キリコにとってシャクのたねだ。

その正子のところへ薩次がゆく。ジャガイモくんが、どこへゆこうとご自由に——といいたかったが、今日ばかりは、いささか自信をなくしているときだけに、カチンときて、

「そう。それなら私もゆくわ！」

ついそんなことをいってしまった。

「どうぞ。じゃ、さよなら」

薩次はペコリと克郎へお辞儀して、一足先に階段をおりていった。

二人を見送って、克郎がつぶやいた。

「ボチボチお年ごろのはずなんだが、あの二人、どういうつもりでつきあってるのかねえ。近ごろの若い者の気持ちは、わからん」

という克郎だって、まだ二十代ですけどね。

その克郎の心配とは無関係に、二人は青山の表通りから横丁へ曲がった。

山の手中の山の手、ともいうべき青山かいわいだが、商店街の一角には、うっすらと下町ムードがただよっている。中でも柳寿司の主人とくれば、江戸前のイキのよさで売っていた。気にいらない客には、山もりのワサビをきかせてレロレロにさせる。そんな小父《おじ》さ

んだったから、出前もちに落ちこぼれの少年を雇ったことにふしぎはない。

学校の成績はビリに近いが正直者の伊之瀬《いのせ》少年。主人の恩義を理屈ぬきに感じているとみえ、陰日《かげ》なたのない働きぶりで、柳寿司のハナも高い。

「人手不足というがね、探せばいくらも金の卵はころがっているもんよ」

口のわるい魚屋や酒屋は、恩着せがましく、安い給料でコキ使ってるというけれど、当の伊之瀬が喜んで働くのだから、まあめでたい。

「い……い……いらっしゃーい」

薩次が、柳寿司ののれんをくぐると、つかえがちにしゃべる伊之瀬のどら声が出迎えた。丸っこい顔、目も体も丸っこく、無邪気そのものといっていい。

「ちがうんだ、ぼく」

薩次は、あわてた。

開店前で、のれんも店の中にさげてあるのに、いらっしゃいと叫ぶところは、少し無邪気すぎるけれど。

「柳くんのところへ、ちょっと」

「あ……ああ、お嬢さんのお友だちですか」

といったときの伊之瀬の表情に、ちらと不快な影が走ったが、すぐあとからはいってきたキリコを見て、もとの愛想笑いとなり、

「い……いらっしゃい」

いいかけて口を押さえた。

「えへへ、お……おれ、口ぐせになってるんだ。すいません。ふ……ふたりとも、お友だちなんだね。どうぞ」

伊之瀬がカウンターの奥をさしたとき、ちょうど正子があらわれた。

「あら、私にご用？」

意外な訪問だったとみえ、目を丸くした。たしか薩次は、約束したといったはずだが。

「うん」

口の中で、ごにょごにょといいわけしながら、あがってゆく薩次に、キリコも続いた。

「用ってほどじゃないけどさあ」

薩次は宿題のことなんか、忘れたみたいだ。

「最近きみ、お父さんかお母さんに、ひどく叱られたことない？」

へんな話題をもちだした。

「学校の成績や席順でさ、実はぼくもやっちゃってね。で、きみの場合を参考にしたいんだ」

答えにくい話でも、誠実味があってユーモラスな薩次の表情に、正子はすぐにつりこまれた。

「あるわよ。お酒のむと、うちのお父ちゃんしつこいの。あんな田舎っぺえに負けるとは、江戸っ子の面汚しだ！　江戸っ子なんて、カンケイないわねえ。私たち東京っ子だもん」

薩次がにこりとした。

「田舎っぺえというと、ははあ……日置くんがダシにされたのか。そういや彼女のうち、よく出前とるから知ってたんだね」

「うん。国語や社会なら負けないけど、英語とか数学になると、ずいぶん差をつけられたわ。だから私、お父ちゃんにいってやったの。日置さんは特別だ、彼女のいるかぎりご期待にそえません、てね」

「わかった」

薩次はいったが、キリコには、まだ何もわからない。だがこの時、薩次には犯人の動機がわかったのである。

■かなしき密室

「待ってよ、伊之瀬くん」

柳寿司の近くで見はっていた薩次とキリコは、自転車で出前にゆく途中の伊之瀬を呼び止めた。

「お……おれかい」

伊之瀬少年が、愛想笑いをうかべれば、薩次も負けずにニコニコ顔で、

「話があるんだけどな……すぐすむから」

「い、いいよ」

自転車をひく伊之瀬をはさんで、三人は路地から青山通りへ出た。

オリンピックのため、大幅に拡張された通りの両側は、日本で一番あたらしいファッションの展示場だ。柳寿司の主人にいわせると、色情狂みたいな洋服の飾り窓がならんでいて、

「あれよりはうちの伊之瀬の方が、よっぽどマトモだ」ということになる。

「お、おれ、出前いそぐから、少しだけだぞ」

「ああ」

催促されても、薩次の口はまだ重かった。本当は、質問をするのがいやでいやでたまらない。だが結局、薩次はいつもの調子でぼそっといった。

「彼女を刺したのは、きみなんだね」

ボンヤリ聞いていたら、お天気の挨拶をしてるみたいに、さりげない口調だった。

その質問にふさわしく、伊之瀬の答も淡々としていた。

「そ、そうだよ。よ、よくわかったな」

一瞬キリコの胸を、つめたい風が吹きぬける。

（伊之瀬くんが犯人ですって！　この正直一本槍《やり》、無邪気すぎるくらいの小僧さんが？）

狼狽《ろうばい》しながら、さすがにスーパーは、とっさに計算をめぐらせている。

（三マイナス二！）

ジョーカー、尾島夫人とともに、中央廊下へあらわれている彼。校門のあたりで遊んでいた子供たちは、知らない顔が通ったのは尾島夫人だけといった。それにちがいない、柳寿司の出前もちなら、しょっちゅう学校に出入りしているのだから。だが顔なじみだからといって、除外する理由はない。

キリコは性急に、犯行現場へゆける可能性のある者を、ジョーカーと尾島夫人にしぼっていたが、早計だった。三人の登場人物から、すでに調べおえたふたりをのぞけば、当然寿司屋の出前もちにぶつかることとなる。

（それにしても、伊之瀬くんが、なぜ、どうやって？）

疑問はとどまるところを知らない。

だいたい犯人が、こうもあっさりと殺人を告白するのからして異常だ。しかし冗談ではない証拠に、薩次も伊之瀬もニコリともしていない。

伊之瀬はうそのつけない少年だった……いままで彼が自白せずにすんだのは、だれも伊之瀬を犯人と思わなかったから――したがって「きみが殺したんだね」とたずねる者がいなかったから。それだけのことであった。

　薩次は、唇をしめしていった。

「きみは、正子さんを好きだったのかい」

「う……う……」

　伊之瀬の顔が、みるみる赤くなった。殺人者と名ざされても落ち着いていた少年が、いたずらを見つけられた幼児のように、どぎまぎしている。

「聞いたんだね、ご主人が正子さんを叱っているのを。日置さんのいる間は、トップになれないと正子さんはいった。だからきみは、機会さえあればイナテンを殺すつもりだった」

　キリコの耳から、青山通りを走る自動車の騒音が消えた。薩次の、不透明で冴えない論告の声だけが、鼓膜を遠い位置からゆすっている。

「間違ってたら、いっとくれよ……きみはあの日、ジョーカーと尾島夫人がしゃべってる間に、職員室へはいった。食器を取ろうと窓に近づいたとき、トイレへはいってゆくイナテンの姿が見えた。むろん、日置君の家に出前にいって顔をおぼえていたんだろう。そうなればくだくだ考えるようなきみじゃない。机の上にあった七徳ナイフをつかんで、窓から廊下へとび出した。いちいち出入り口へ引っかえす必要なんて、あるもんか。

　きみはトイレのドアに手をかけていたイナテンを刺した。おどろいた彼女は、トイレに逃げこんで錠をおろしてしまった。ナイフは彼女の胸に刺さったままだ。手ぶらになったきみは仕方なく職員室へ戻った。失敗したと思ってこわくなったのか、別のナイフを取りに帰ったのか、それはぼくもわからないけど、ちょうどそこへ、尾島夫人がはいってきた。……どう、ぼくの話。どこかちがってる?」

「ちがわ、ない」

伊之瀬は丸い顔に暗い影をおとして、首をふった。

「ただ、おれ……前から、日置さん嫌いだった。お、おれのこと、へんな目で見て、笑うんだ。きっと、自分は頭がいい、おれは、わるい。そう、思ってたんだ」

落ちこぼれゆえの悩み、ひがみ。無邪気そのものと見えたこの少年の心にも、どす黒い劣等感が巣食っていたのだ。

「ちょっと待って!」

キリコはたまりかねて、声をかけた。

「肝心のことを忘れてるわ。そんな芸のない殺しなら、密室はどうなっちゃうの、密室は」

薩次はその質問を、予期していたらしかった。

「ぼくの想像だけどさ……イナテンは、錠をおろすことはできた。でも、外すことはできなかった……」

「はあ? なにいってるの。あの錠はね、ボタンを押すだけでポンとあくのよ。犯人が逃げた気配で、ボタン押すぐらいできるわよ」

「しかし、イナテンが、そのボタンに気づかなかったら?」

「え……」

「ぼくだって、新宿の喫茶店ではじめてあの錠にぶつかったとき、迷ったんだよ。横棒を左へ押せば、錠がかかる。それなら外すには、右へ引けばいい……その固定観念に邪魔されて、なかなかボタンに気がつかなかった」

「そりゃあ、彼女はガスの使い方も知らないんだもの。あけ方がわからなかった公算大だわ。だけど、それならなぜ助けを求めないのよ。私たちがトイレへはいったときは、まだ生きていたはずなのに」

「できなかったのさ、彼女には」

薩次の表情が、伊之瀬にもまして、暗くよどんだ。

「田舎者あつかいをうけることに、彼女ははげしい侮辱をおぼえていたんだ……くやしいと思う心が、彼女をトップに押しあげるエネルギーとなった。その日置くんが、こともあろうにトイレの中で、しかも錠の外し方がわからない、そんな理由で悲鳴をあげられるだろうか。命あっての物種とひとはいう。だけど、ときに見栄は、命以上に大切なことがあるんだよ。イナテンは、そんなカッコわるいさまを見せるくらいなら、死んだ方がマシと思った……どう思う、この考え」

「つまり、イナテンさんのコンプレックスによる偶然の密室?」

それが事実なら、拍子ぬけもいいところだ。キリコは呆気にとられた。カッコよくありたいという少女のはかない願いのために、不可抗力の密室ができあがったとは。

しかし犯人伊之瀬には、二人の会話がちんぷんかんだったとみえる。ビルの壁面を飾る電光時計を見て、彼はあわてた。

「お、おれ、出前にゆかなくちゃ」

いうが早いか自転車にとびのっている。逃げるつもりは、まったくなかったのだろうが、反射的にキリコと薩次は叫んでいた。

「伊之瀬くん!」

「だめだ、逃げては!」

車道へ出ながら、伊之瀬はふたりをふりかえって、ブレーキをかけた。それがいけなかったのだ……死角となった正面から、一台の乗用車がぶつかってきた。

「あっ!」

キリコですら、立ちすくむばかりだった。まして鈍重な薩次は、声をたてる余裕さえない。

鉄の塊にはじかれて、伊之瀬の丸っこい体が宙に浮いた。それでも彼は、岡持《おかもち》をつかんでいた。まばたきする間に、路上にほうりだされた少年に、八トン積みのトラックがのしかかった。

すべては白昼夢の連続であった。

ほとんど泣きながら、キリコは伊之瀬にかけよっている。血ぬられた路面に、玉子の黄やコハダの青がとび散って、岡持は跡形もなく砕けていた。

トラックのタイヤに、下半身を押しつぶされて、伊之瀬はもう虫の息だった。

「しっかりして」

キリコのべそをかいたような顔が近づくと、それでも伊之瀬は笑おうとした。

「お、お、お嬢さん」

少年の目は、キリコを見てはいなかった。正子のまぼろしに向かって、

「で、出前におくれて、ご……ごめんよ」

死力をふるって、詫びていた。

「伊之瀬くん！」

だが、少年の唇はもはや動かず、ぽっかりひらいたままの目は、もう何も見ていなかった――犯人は死んだ。

■おしゃべりC

窓の外がけぶっている。霖雨《りんう》というのだろうか、目に見えぬほどの細い銀の糸が、果てもなく雲からつむぎ出されて、しとしとと地面をぬらし続ける。冷気がキリコの部屋をおおっていた。晩秋というより初冬の気配だ。

「……で？」

克郎が会話の先を催促した。

「で、ぼくは、思ったんです」

薩次の話は、イモを弱火で煮ているようにまだるっこしい。

「犯人は、イナテンがトイレへはいったことがなぜわかったのだろう……それが疑問のスタートでした。いつトイレへゆくかなんて、当人だって予測できないことでしょう。だからこの事件で犯人であるためには、職員室の窓からトイレへはいる彼女を目撃しなくちゃなりません。

ところが窓の内側には衝立がある。ただ職員室にいるだけでは廊下は見えない。衝立をまわりこんで、窓際へゆかなければ……あらかじめイナテンのくることが、わかってるならともかく、さもなかったら、そんな窓際へゆく用が、だれにあったか。もちろん、出前もちの小僧さんです。あそこは、出前をとった皿やどんぶりを重ねておく場所でしたから。

もうひとつ、伊之瀬くんをあやしいと思ったのは、イナテンの単語帳です」

「単語帳？」

キリコは、あっと小さな声をあげた。

「ｆｒｏｇ……蛙ね」

「そうだよ。蛙……柳……柳寿司。イナテンは、そう連想してほしくて、単語帳をひろげて死んだ……。推理小説で、ダイイング・メッセージというんだっけ」

「それにしても、えらい想像力だぜ」

克郎がいった。

「動機は、店のお嬢さんにホレてるためか。そんなこと、よくわかったね」

中学生の分際でといおうとして、やめた。

「ぼくの想像じゃ、ないんです」

薩次は元気なく答えた。

「イナテン……日置くんのカンでした」

「イナテンさんの！」

今度こそキリコは大声をあげた。

「ああ、彼女、ぼくにささやいたことがある。柳寿司の小僧さん、正子さんを好きらしいわとね」

あの点取り虫の少女が、そんな話題をもっていたなんて、キリコには思いもよらぬことだった。

「とっても信じられない！」

「ぼくも、そういったさ。きみはなぜ、そんなことがわかるんだい」

どういうわけか、薩次の黒い顔にうっすらと赤みが増した。

「……するとイナテンは、私だって好きな人がいる。だから伊之瀬くんの気持ちがわかる……って。伊之瀬くんは、バカにされたと思ったらしいが、彼女が彼を見て笑ったのは、実は親しみをこめた挨拶なんだ。『あなたも苦しんでいるのね。私も同じ……』とね」

「イナテンさんが。へえ、イナテンさんが！」

スーパーは、ただもう呆れかえっていた。

「呆れるこたぁ、ねえだろう」

克郎が、兄貴のカンロクを見せた。

「男の子が女の子を、女の子が男の子を好きになる。天然自然、そうなることに決まってるんだ」

で、克郎は薩次にいった。

「どうやらイナテン嬢が好きだったのは、お前さんらしいね」

キリコは息をつめ、薩次はコクンとうなずいた。

「ラブレターをもらいました。あわせて三通」

「……」

キリコは内心、どうしようもないほど混乱している。コッケイな話だ。中学生が恋文をやりとりするのは当たり前と、いつぞや克郎に説教した彼女だった。それなのに、薩次がラブレターをもらったと聞いて、なぜこんなにあわてるんだろう。

「でもぼくは、ことわったさ」

薩次の顔は、いっそう赤くなった。

「ほかに……好きな人、いるもん」

(えっ)

キリコは薩次を見た。

「だからイナテンが死んだとき、ぼく、わるかったなあと思った。せめて犯人をさがし当てるのは、ぼくがやりたい、そう考えて、一生懸命だったんです」

しゃべってる途中で、薩次は、自分を見つめるキリコの視線を感じて、目を伏せた。

「もう、帰らなきゃ」

そわそわと立つ薩次。

「雨がひどくならないうちに」

「なあんだ、傘もってないの。貸したげる」

「いいよ、返すの忘れるから」

「忘れない方法、あるんだ」

キリコがニコッとした。我ながら、女の子らしいムードのある微笑だとキリコは思った。

「私があなたを送ってゆくのよ」

「いい、いいってば」

「だまれ。送るといったら送ります」

数分後、キリコの家の玄関から一本の傘が吐き出された。二階の窓から、克郎がにやにや笑って見おろしている。

(そうかい、そういうことだったのかい。ま、うまくやれよ、ご両人)

一本の傘にはいって、キリコと薩次はまだもめていた。

「あの、ぼくが、持つよ」

「大丈夫、私が持つわ」

「みっともない……女の子に傘を持たせるなんて」

「うるさいな。私の方が力あるんだ!」

真犯人はきみで章

■わが胸の底

読みおわった清子さんは、黙りこくっている。

気のせいか、横顔が青ざめて見えた。

いやな気持ちだった。

(まさか……そんなことって、あるもんか)

ぼくの、頭の中にひろがるスモッグのような疑いを、無理にねじ伏せて笑顔をつくった。

「ちょっと、強引だったかなあ、このトリック」

「そうでもないわ」

清子さんは、原稿をていねいに机にもどして、それからぼくをふりかえった。白い顔に目ばかり大きい。

「密室殺人てのは、だれも書きたくなるテーマだからね。出口も入り口も閉めきった部屋の中で、人間が殺されている。犯人はいったいどんな方法でしのびこみ、あるいはぬけだしたのであろうか。いわゆる不可能興味ってやつさ。できっこないと思われたことを、順序正しく説き明かす。

パズル、知恵の輪、大魔術。そう、ぼくは子供のころ——いまでも子供だけど、手品師にあこがれてたっけな。ぶきっちょだから、実際の手品は使えなくても、お話のトリックなら、頭の中だけで組み立てられる。だからぼくは、推理小説が好きだし、ことにいちばん手品らしい密室の事件が大好きなんだ」

ぼくがぺらぺらしゃべっているうちに、清子さんは少し落ち着きをとりもどしたようだ。

「じゃあ、あの事件を真似て書いたわけじゃないのね」

「あの事件」

「ほら、あの……」

ぼくは、わざととぼけてみせる。

清子さんは、いいにくそうに口をよどませ、それがもう一度、ぼくの心をさわがせた。

(まさか……まさか)

「なんていったかしら。林一曹だわ、彼が殺された事件よ」

「あ、そういえばあれも密室殺人だな」

必要以上におどろくぼく。ちくしょう……いやな人間だ。ぼくはいま、ぼくのもっとも大事な人に、とんでもない疑いをかけて試してるんだぞ。彼女と話す一方、ぼくは心の中で忙しく自問自答していた。

(正直に答えろ……桂、お前は本気で清子さんを好きだというのか)

(好きだ)

(うそをつけ)

(うそじゃない。ぼくだってもう中学生だ。だれかを好きになっていい年ごろなんだ。ぼくの場合、そのだれかが清子さんだ。彼女が隣に住んでいると想像しただけで、胸の奥の、ずっとふかい所があたたまってくる)

(笑わせら。まるで石油ストーブだ)

(黙ってろ。このつぎ清子さんが来たら、あれも話そうこれもしゃべろう、せいいっぱい楽しい時間をつくりだそう。そう思っているくせに、いざ清子さんがあらわれると、ぼくはもう口の中がザラザラになって、結局考えずにしゃべれる推理小説の話になっちまう。ぶきっちょだからな、ぼくは。彼女の帰ったあと、いつも自分の頭を殴りつけてるじゃないか。この馬鹿野郎、少しは女の子が喜ぶことを話せって)

(わかった。といいたいが、それならなぜ、彼女を試そうとする)

(だって、そうだろう。清子さんを好きなんだもの、清子さんのことなら、全部知りたい)

（バスト、ウエスト、ヒップのサイズもね）

（ああ。むろん、それを含めてだ。もし清子さんに秘密があるなら、そいつも知りたい。

知って、二人だけの秘密にしたい）

ぼくが疑うその秘密とは——読者のきみも、とっくに見当をつけてることだろう。

その通りだ。

ぼくは清子さんこそ、林一曹を殺した犯人ではないかと考えはじめたのだ。

■密室談義

「桂くん」

清子さんが、ぼくに呼びかけている。

「え？」

一瞬、自問自答の声が、外にもれたかとあわててしまった。

清子さんは、あまりぼくの顔を見ないようにして、さりげない口調でたずねた。

「推理作家としてのあなたには、林一曹の場合の、密室が解けるの」

なぜぼくを見ないんだ、清子さん。こっちを見てくれ。それではまるで、うしろ暗いところがあるみたいだ。

いや……ぼくはもう、ずしんとした手応えを感じていた。清子さんにとって林一曹は、自分の両親を奪った憎い相手じゃないか。なのにさっきの質問は、どうだ。

(なんていったかしら、林一曹だわ)

そんなはずは絶対にない。ぼくの名をど忘れすることがあっても、林一曹の名を、清子さんが片時だって忘れるものか。いいよどんだのは芝居だ。一生懸命さりげなく、なんでもない様子で、話をあの事件の方へみちびこうとする。清子さんは事件について、ぼくがどれだけのことを知ったのか、確かめようとしているんだ。

「密室ねえ。だけどさ、一口に密室といっても、いろんな形があるんだぜ」

ぼくはしゃべりはじめた。

耳をかたむける清子さんは、たぶん、魚が針にかかったと思ってるんだろう。その実、秘密の魚を釣りあげようとしているのは、ぼくなんだ。清子さん、ごめんよ。

「たとえば、機械的に構成された密室。というと面倒くさいけど、部屋から出たあとで、針金とか糸とか釘を使って、外からかんぬきをかけたり錠をおろしたりするやり方だ。本格推理小説として評判の高い、『刺青殺人事件』[注1]では、浴室が密室になっていてね」

注1　高木彬光のデビュー作。名探偵神津恭介《かみづきょうすけ》の初登場編でもある。国産本格推理小説のベスト3にランクされる傑作だ。

「お風呂場が？」

「うん。その排水口を利用して、外から糸をあやつって、扉のかんぬきをかけるんだ。『本陣殺人事件』[注2]という名作にも、密室が出てくる。ここでは自殺を他殺にみせかけようと、自動的に凶器を現場の外へ運びだす装置があらわれてね……おっとっと」

ぼくはおどけて口をふさいだ。

「推理小説の話をするときは、メイントリックや犯人の名を明かさないのがエチケットなんだ。『刺青』では、つい口がすべってしまったけど、ポイントになってるのは、心理の密室の方だから、まあかんべんしてもらうよ」

「心理の密室。へえ、どういうこと」

「『刺青』に使われたのは、少し意味が違うが、みかけ上の密室といってもいい。犯人はごくふつうの出入り口から侵入、退却してるんだ」

「わからないわ。なぜそれが、密室になっちゃうの」

「そうだね。有名な作品[注3]では、こんな例がある。犯人に傷をおわされた被害者が、その傷をかくして寝室にはいって、眠る。悪夢を見て悲鳴をあげ、ベッドからころげ落ちる。おどろいた家族がかけつけると、寝室は完全な密室状態だった。被害者が夢を見てさわいだために、事件がそのとき起こったものと、カンちがいされたのさ。

もうひとつ、こんなのもある。犯人にナイフで刺された被害者は、しかしその犯人に愛情を感じていたため、犯人が逃げたあとで戸締りをして、やがて死ぬ」

ちらと清子さんの顔を見て、あとを続けた。

「ナイフで刺したというところは、ぼくの小説とも、林一曹事件とも、よく似てるね」

■死の演出

「じゃ、桂くんは林一曹の場合も、心理的密室だというの」

清子さんがたずねる。ぼくは、すぐにいった。

「それを、これから考えようというのさ。まず犯人は、ふつうのドアから出入りした……」

清子さんが相づちをうってくれないから、同意を求めた。

注2　昭和二十年代の本格推理小説をリードしていた、横溝正史の代表作である。のちに映画化された。密室犯罪を再現するシーンが、圧巻だった。創元推理文庫の『日本探偵小説全集9』で読める。

注3　べつに、題名を忘れたわけじゃない。話の都合で、どうしてもメイン・トリックを明かさねばならないので、紹介を遠慮したのだ。これもエチケットのうちである。

「そう思うだろう?」

「わからないわ、そんなこと」

「ごく自然に考えれば、さ。八階のバルコニーから、軽業《かるわざ》めいた侵入や、脱出をするなんて007じゃあるまいし、夢物語すぎる。それに、昼下がりの町の中だ、人の目にふれずにできるわけがない。といって、コンクリートのマンションに、ぬけ穴やかくし戸があろうとも思えない。そうなれば、犯人の出入り口はドアだけだ」

(それからどうなるのよ)

自分で密室のことを質問したくせに、清子さんの目は、いらいらとあせっているみたいに見える。ぼくはわざと説明を回り道した。

「もっとも、犯人がサイボーグ[注4]やミュータント[注5]なら、ほかの方法があるかもしれない。だけど現実とSFは違うから、この犯人はごくふつうの人間と仮定しようよ。ねえ」

答える声がとがった。

「わからないといってるのに」

「そりゃそうだな……本当のことを知ってるのは犯人ばかりだよね」

清子さんの手から、丸いお盆がすべり落ちた。

先ほど、お昼の食事を運んできてくれた、丸いプラスチックの盆だ。それが、ユーモラスにころころと、どこまでもまわってゆく。とうとう庭へ落っこちて、メキシコひまわりの花をゆすった。もっとも、ゆするまでもなく、盛りをすぎた花たちは、おばあさんみたいにしわくちゃの顔でしょんぼりしている。

「だが、カネさんの聞きこんだ範囲では、電子ロックは完璧で、ま新しいスチールドアには針金一本さしこむ隙もなかったそうだ。……つまり、廊下へぬけ出した犯人が、ドアを外から施錠する余地は、まったくなかった」

「さっきは、ドアから出入りしたといったじゃないの」

「いったさ。犯人はドアからはいり、ドアから出た……なんの細工もせずに」

「でも、電子ロックのボタンが押してあった……」

注4　改造人間のこと。SF読者でなくても、テレビの「仮面ライダー」や「スペクトルマン」を見ればわかる。むかしの小説だが、SFの元祖といわれる海野十三の長編に、当時としては珍しく、サイボーグ犯人があらわれる。なにしろこの犯人は、手も足も、アタッチメントよろしく取り外せるので、一見、密室と思われた現場から、難なく脱出する――というトリック。

注5　突然変異による変種。精神力による瞬間移動（テレポーテイション）だの、手をふれずに物を動かす力（テレキネシス）だのを駆使する超能力者（エスパー）や、体の分子構造をかえて、べつの物体になっちまう変身術者や、原子核と原子の間の空隙を使って、壁でも扉でも通りぬけちまう化物や、いやはや百鬼夜行。こんなのが犯人では、いくら名探偵でもお手上げだ。

いいかけて、清子さんは「あ」と口をひらいた。

「林一曹が?」

「きっと、そうだ」

ぼくはうなずいた。

「錠をおろしたのは、あの男だ……それ以外に考えられない」

「へんよ、おかしいわ」

清子さんはムキになった。

「じゃあ、林は、犯人が逃げたあと、わざわざドアに錠をかけ、窓際へもどってから〝きさまっ!〟と叫んだの。いったい、だれにむかって?」

「だあれも、いやしなかったさ」

「え——」

「ぼくも、いろいろと考えた。考えたすえ事実を素直にうけとめようと思った。すると、林が墜落する直前の部屋に、林以外の人間が存在することはできないんだ……そいつが、透明人間なら別だけど」

「だれもいないのに呼びかけるなんて……林の、ひとり芝居ってこと?」

「ああ。だって、そのほかに合理的な解釈はありえないだろ」

「錠をかけたり、ひとり芝居したり、林は犯人をかばおうとしたの」

ぼくは苦笑した。

「そこまで既成の名作に似ちゃ、盗作呼ばわりされてしまうよ」

ぼくは、車いすを机によせて、原稿をそろえはじめた。

「むしろ参考になるのは、ぼくの愚作じゃないかな。林一曹は、かなりイキがる方だから」

「わからない」

清子さんは強く首をふった。

「わからないわ……」

「じゃ、こんな場合を想像してくれるかい。腕自慢の釣天狗《つりてんぐ》がいてね。小さな魚を逃がしたんだ。けどその天狗は、友だちに話すときには目の下一メートルもある大物をとり逃がしたと、くやしがってる図だ」

たとえが通じなかったらしく、清子さんは不安な表情のまま、ぼくを見ている。ぼくは言葉を継いだ。

「あべこべに、自分が殺される番になったとき、虚栄心の強いやつなら、下っぱにだけは殺されたくない。大物の手にかかるんでなきゃ、死にきれないと考えるだろう」

やっと清子さんはわかったようだ。

「きさまっ！　と叫んだのは、じゃあ、犯人をさも強い男だと思わせたかったからなのね」

「そうだ。たったそれだけのことを思わせるために、林一曹は文字通り、必死のお芝居をしたんだ」

気がつくと、清子さんは目を閉じていた。閉じたまぶたの裏に、どんな場面を思い浮かべているのだろう。

「そういえば、彼は――」

目を閉じたまま、清子さんはつぶやいた。

「カッコよさにあこがれて、航空防衛隊にはいったと聞いたわ。だから、訓練でも人一倍張り切ったんですって」

「ぼくも聞いた。そんな彼を、上官がしきりともちあげたそうだ。お前は根性がある、ファイトがある。それで、いよいよ張り切って――江原空港の大事故が起きたんだ」

清子さんにつられて、ぼくも目をつぶっていた。

「そんな林一曹が、みるからに弱々しい犯人に刺されたとしたら？」

「……」

声はなかった。

（信じたくない……信じたくない）

くりかえしながらもぼくのくちびるは、心のつぶやきとうらはらに動いた。

「たとえば、きみみたいな女の子にさ」

見えぬ空気の向こうで、なにかがそよいだ。

「……！」

「刺されたら、あいつは死物ぐるいで、カッコつけようとするだろう。強敵と戦って、刀折れ矢尽きた。そんな光景を演出しようと思ったんだ。

だが胸からナイフをぬいたとき、ぼくの小説と同じ現象が起こった。激痛によるショック死だ。命のない物体となった彼の体は、手すりをこえて、地面に叩きつけられた」

ぼくは、こっそり目をあけていた。清子さんも、同じタイミングで目をひらいた……ぼくたちは、しばらくお互いの顔をみつめていた。

「犯人は、私のような女の子？」

清子さんがいった。

「ああ。たとえばさ」

「けど、私には無理ね。アリバイがあるんですもの」

なかば挑戦的な言葉だった。ぼくは、首をふった。

「アリバイなんて、ないよ」

■偶然の不在証明《アリバイ》

一たん、うわずった声を出した彼女だが、すぐ思いかえしたように静かな口調で、

「いやだわ。私には、れっきとした証人があるのよ。貸してね」

本立てにさしてあった時刻表《ダイヤ》をとりあげ、巻頭の線路図を示した。中国地方だ。山陰本線が南へカーブして、下関で山陽本線に合体している。

「……この小串の隣、川棚温泉でホームにおりて、おじいさんを介抱しているわ。時間的に、絶対佐世保へいくことは不可能よ」

「推理小説は、不可能を可能にする面白さだといったろう」

ぼくは一語ずつ力をこめていた。

「証人のおじいさんは、川棚でおりたと話したんだよ。川棚温泉じゃない。ただの川棚だ」

清子さんは笑った。

「同じことじゃない」

「ちがう」

「なんですって」

「熱海《あたみ》をいちいち熱海温泉という？　白浜《しらはま》を、白浜温泉といわなきゃ、証言にならない？」

首をふるぼく。

「熱海は熱海さ、駅の名が熱海なんだから。だが、珍しい例だけど、この駅は川棚温泉と、温泉まで駅名にはいっている」

「そんなこと……おじいさんが省略しただけよ。現に、ひとつ手前の小串まで、ちゃんと駅の名をあげてるわ」

「小串だって」

ぼくは、意地のわるいいい方をした。

「いつそんなことをいったっけ」

「いったじゃありませんか！」

清子さんのほおが紅潮した。

「小串のころに気持ちが悪くなった——」

「違うよ。おじいさんがいったのは、オグシのころでキモチがわるうなって、だ」

「同じことだわ。舌がもつれて、子音がしゃべりにくいから……」

「それならなぜ、ころでといったんだろう。おかしないいまわしじゃないか。ここは当然、きみのいった通り、ころにというべきだぜ」

「……」

清子さんは、おし黙った。

「川棚だって、温泉を省略したわけじゃない。最初からなかったんだ」

「えっ」

「駅の名は、川棚だけだった……見たまえ」

ぼくは時刻表のページを繰った。中国に続いて、九州地方の線路図が出ている。その西の部分、ひじのようにつき出した半島のつけ根に、諫早《いさはや》がある。長崎本線の重要分岐駅だ。

ぼくの指は、そこから北上する大村《おおむら》線を、佐世保に向けてたどった。

「川棚」

ぼくの指がとまった。

「きみが佐世保から列車に乗ったとする……川棚の手前は、小串郷《おぐしごう》だ、熊本のおじいさんは、実はこの二つの駅名を発音したのではなかったか。それを、先入観のある刑事さんが、勝手に山陰本線と解釈した。『オグシのころで』は、『小串郷で』が正しかったんだ……あいにく小串《こぐし》と小串《おぐし》は、発音が違っても文字にすれば同じだからね。刑事さんのメモに、おじいさんがうなずくのは当然だ」

ぼくはひと息ついた。

「べつに変わった例じゃない。大久保《おおくぼ》といわれたら、東京の人は反射的に新宿の隣を思い出すだろう。ところが、同じ大久保駅は、中国地方にも東北にも実在してるんだ。高松《たかまつ》駅だって、四国のほか能登《のと》半島にある。福島駅《ふくしま》が、福島の県庁所在地じゃなくて、大阪市内だと聞かされれば、関東以北の人は目を丸くすると思うよ。

きみのアリバイは、同名異駅の連続——厳密には同名じゃないが——というハプニングが生んだ偶然にすぎなかったんだ」

■時刻表《ダイヤ》をどうぞB

風が出た。

メキシコひまわりが大きく揺れる。あれほど華やかだった緋色《ひいろ》の花も、もう満足な形で残っているものはない。ひとときの絢爛《けんらん》を示しただけに、いっそういまの姿があわれだ。——ぼくが、はじめて清子さんに疑いをもったのは、まだあの花が、咲き誇っているころだった。

第一話の原稿を読んで、しきりと彼女は、時刻表にこだわった。なぜだろう。むろん、そこに大きな秘密がかくされているとも知らず、書き疲れるたびにぼんやりと、そのページをながめるのが、くせになった。何度読みかえしても、清子さんの気にさわる部分は発見できない。

(考えすぎかな)

しまいにはぼくもあきて、原稿用紙に貼りつけた時刻表を、机にほうり出した。すると、ガチャッと音がした。机の上に鋏《はさみ》がのっていたのだ。

(あ、いけない。時刻表を切りぬいておかなくちゃ)

ぼくの小説で必要なのは、長崎本線と佐世保線の部分だけだ。大村線や駅弁のリストなぞはいらない。はじめ時刻表を、原稿用紙に貼りつけるとき、切りぬけばよかったのだが、あいにく手元に鋏がみつからなかった。足がわるいと、物をさがすのが面倒になる。それで、二ページ分まるまる貼っておいたのだ。鋏は清子さんがサイドボードからもってきてくれた。

(忘れないうちに)

もういちど時刻表を手にとったぼくは、待てよと思った。ぼくは、いままでこの二ページを読むときに、駅弁のリストや大村線を、無意識に除外してはいなかったか。

清子さんは、時刻表の掲載にこだわった。当然ぼくは、小説に関係のある、長崎本線・佐世保線のことだと考えていたが、もしかしたら彼女の関心は、時刻表の他の部分にあったかもしれない。余計なダイヤのくっついていることが、単に鋏が手元になかったせいだとは、清子さんは知らない。てっきり、いっしょに印刷されるものと思いこんだのだろう。

ぼくはあわて気味に、大村線を見直した。ざっと目を通しただけで、気がついた……小串郷、川棚のふたつの駅の連続に。

そのときのぼくの気持ちったらない。一瞬で、ぼくは真相の半ばを直覚した。結論を知りつつ、それから先を考えまいとした。だが、馬鹿正直なぼくの目は、さらにこまかくダイヤをなめまわす。

（おじいさんは、刑事にどんな証言をしたんだっけ。そうだ……「ゴゴヨジごろじゃ……キュウコウらしいキシャに乗ってな」といったんだ）

大村線の急行は、上り下りとも一本ずつ、「平戸《ひらど》」があるきりだ。経過した駅が、小串・川棚温泉でなく、小串郷・川棚だとすれば、清子さんたちと米倉老人が乗り合わせた列車は、佐世保発の下り列車である。下り「平戸」は川棚を十二時三十分発だ。いくら何でも、十二時半と四時ではひらきがありすぎる。

「よかった」

思わずぼくは、そう口に出してつぶやいた。ぼくの考えすぎだった。明日になったら、清子さんにあやまらなきゃ。

（くだらないことを考えず、切りぬこう）

鋏を手にしたとき、今度目にはいったのは駅弁の表だった。

早岐《はいき》駅。鯛ちらしずし二百円。

鯛ちらしずし。たしかに清子さんはいった——駅弁を食べておいしかったと。

ぼくにどこの駅と聞かれて、狼狽した理由は、何だったろう。

（ひょっとしたら、清ちゃんは、鯛のちらしを早岐で買ったんじゃないか？）

もういちど大村線のダイヤを見た。佐世保から諫早にいたる道中で、駅弁を売っているのは早岐だけだ。

もしも……もしも、清子さんが犯人だとすれば、犯行の前に食事をする余裕などあるわけがない。二時すぎに「殺人」をおえて、列車に乗る。列車が犯行現場である佐世保を離れて、はじめて気のゆるんだ清子さんは、二十分後に着いた早岐で駅弁を買う。考えられる手順だった。

とはいえ、それは理屈だ。ひと一人殺したあとで、駅弁を買って食べる心理なんて、ぼくには想像もできない。そんなことができる清子さんなら、ぼくがこれまで見てきた彼女は何なのだ？

（落ち着け）

と、ぼくはぼくにいい聞かせた。本立てから、二ページ切りとられたあとの時刻表をぬく。

（下関で、鯛のちらしを売っていれば、問題はないんだ）

あせっているせいか、下関の駅弁がどこに記されているのか、なかなかわからなかった。

ふつう駅弁の紹介は、下欄枠外にならんでいる。東海道本線の上り下りを見たが、どちらにもない。やっと下関は山陰本線でもあると気がついた。

下関駅。鯛めし三百円。

ちらしずしはなかった。ぼくはべそをかきたいような気分で、何度も読み返したが、ない。あと記載されているのは、ふくめし、かしわめし、亀の甲せんべい、うに、かまぼこ、それだけ。時刻表にのっていなくても、実際の駅ホームへゆけば、鯛のちらしずしをきっと売ってる。そう信じこもうとして、信じきれない自分がシャクだった。

だが、さわぐことはない。証人の米倉氏は、名は知らないが急行に乗ったといっている。時間のズレから考えて、乗ったのが「平戸」でないことは明らかだ。

（じゃあほかに、急行はないじゃないか）

急行はない。しかし快速はあった。佐世保発十五時十七分。その前の列車が十四時二十二分だから、現場から駅までの距離をかんじょうにいれると、ちょっと間に合いそうもない。したがって、犯行をすませた清子さん（悲しいことに、このころになると、ぼくはそう考えるのに慣れてしまった）が、大村線に乗るとしたら、この一本にしぼられる。

死んだぼくの母は国電の中央線を利用するたびに、

「あれは便利だねえ、急行があって」

とよくいったものだ。本当は急行じゃない。快速と呼ぶべきだが、乗る身になれば、小駅にとまらず走る列車は、のきなみ急行である。そのデンで米倉老人も、自分の乗った列車が小串郷を通過するのを見て、つい急行と思いこんだのではあるまいか。

だいたい、急行列車に乗りながら、愛称を知らないというのがへんだ。車内アナウンスで、うるさいほどくりかえすから、いつの間にかおぼえてしまうのが、ふつうなのに。

そのかんちがいを計算にいれれば、この837D列車こそ、米倉老人の証言に見合う、唯一の列車となる。

(清ちゃんにアリバイはない。ないどころか犯行時刻直後、現場もよりの駅から列車に乗っている……まるで逃げるみたいに)

■かっこいい彼

「それからぼくは、林一曹が死んだ前後の情況を、いろいろと考えてみた。もしぼくが、林の立場だったらどうだろうとね。週刊誌や新聞に書かれたように、林はごく当たり前の若者だった。まだ中学生のぼくが、こんなことというのおかしいけどさ。若者じゃよそよそしいから、ヤングといおう。——きっと、あの人、頭の中で、ずいぶん混乱してたと思う。

上官の命令通り飛んだのに、不運にも大事故を起こしてしまった。なにも悪いことをしていない自分が、なぜ責められねばならぬのか、ちんぷんかんだったろうね。国土防衛というすばらしい旗印に守られて、大空を飛び回りながら、自分をたっぷり満足させてたのに、だしぬけにクビ。

林みたいなヤングには、こんなカッコわるい話はなかったよ、きっと。だけど、わりかし調子いい男だから、佐世保へ就職してパイロットにもどると、事故のことはけろりと忘れて、またカッコつけてたと思うんだ。そこへ、たとえば、きみがきた……」

ぼくはもう、ためらわなかった。清子さんの反応を見れば、ぼくはほぼ事実に近いことをしゃべっている。

「林はきみが、もえさかる恨みを抱いて訪ねたということなぞ、これっぱかりも感じていない。それどころか自分も事故の被害者だと甘ったれていた。だから遺族のきみが現われてくれれば、お互いに運が悪かったですねと、肩のひとつもたたきあうつもりだったんじゃないか。とにかく、いともスムーズにきみを通した……違うの?」

清子さんの表情の微妙な変化をとらえて、ぼくは念を押した。だが清子さんは答えない。

「どこか違ったかな。……そうか、おばあさんを忘れていた」

いうと同時に、清子さんの顔がゆがんだ。

「もう、よして」

声に力がない。ぼくは聞こえないふりをして、続けた。

「ぼんやりしてたなあ、ぼくも。息子と嫁を殺したヘイタイを死刑にしろって、おばあさんが怒鳴ったこと、あったっけ」

「桂くん」

辛そうな声だった。耳をふさぎたい気持ちにちがいない。その清子さんに同情しようともせず、ぼくはまるで、憑《つ》かれたようにしゃべりまくった。

「林を刺したのは、おばあさんなんだね……清ちゃんはそれを止めようとして、でも止めきれないことがわかると、いっそ共犯者になる覚悟をきめた。きっと、そうだ。ぼくだってあの男が起訴猶予になったとき、腹が立って眠れなかったもの。きみがおばあさんに賛成したのも、もっともだと思うよ……で、あいつは、きみたちの来訪をなんのわだかまりもなく受け入れた。ついでに、おばあさんの突き出したナイフも、自分の胸に受け入れてしまった」

不謹慎《ふきんしん》な言いまわしだと思いながら、ぼくは、我にもなくうきうきとさえしていた。おしゃべりはとめどがない。

「突いてはみたが、筋肉にくわえこまれたナイフは、おばあさんの力ではぬけやしない。しかも、タフな林はすぐには死ななかった。おどろいたきみは、おばあさんを促して廊下へ逃げる。追おうとして、ドアによろめいた林は、はずみでボタンにふれたんだろうな。ドアは、林の意志と無関係に施錠された……あてずっぽでいうようだけど、現にドアに血痕が散っているからね。

ひょっとしたら、第二撃をうけない用心に、ボタンを押したのかもしれない。とにかく深手を自覚した林は、必死に窓際の電話へとってかえした。いくらヤングの体力でも、限界だ……倒れる寸前、耳にはいった人声。だれかがおれを見ている、あるいは聞いている！

死ぬとは思わない彼は、佐世保くんだりまできて、ふたたびカッコわるいざまをさらすのが、がまんできなかった。おばあさんと女の子に刺されて重傷……なんともサマにならないやね。とっさに林は、ひとり芝居を思いつく。

〝きさまっ！〟と叫んだ勢いで、思いきってナイフをひっこぬき、それが急激な死を呼んだ」

——犯行のおさらいを終って、ぼくは疲れたように口を閉じた。

いつの間にか、外はしとしと雨が降っている。そのひそやかな雨音にかくれて、清子さんがしのび泣いていた。

■きたないぼく

「キヨ」

ぼくは、できるだけオクターブを落としてささやいた。清子さんは、顔をあげようともしない。小さなスツールに座りこんで、両手で顔をおおっている。

雨雲の厚いカーテンをとおして、遠慮がちな夕べの光が、清子さんのおくれ毛を照らしている。たったいま風呂からあがったばかりのように、清潔なえりあしが美しかった。

(好きだよ、キヨ)

洗いざらしのブラウス。紺一色の、そっけないプリーツスカート。髪だって、無造作に左右で束ねただけだ。こんな風に部分部分を描写したって、とても実物の清子さんを想像してもらうことはできないだろう……それは、ある日思いつくまま旅行に出た、その旅先で出会う華やかに寂しい紅葉の渓谷に似ていた。

くだらない! ぼくは、ぼくのイメージに唾を吐きたくなる。そんな手あかのついた情景にたとえることすら侮辱じゃないか。清子さんは、清子さんだ。お人よしで気まぐれで、マンガとクラシックが大好きで、親孝行でわがままで、分裂してるみたいでちゃんと統一のとれてる女の子。

「……清ちゃん!」

自分でも、はっとするほどのす早さで、ぼくは清子さんの手首をつかんでいた。

「はい」

ふり放そうともせず、彼女はぬれたほおをあげた。光る瞳に、小さなぼくが映っていた。

（私たちのこと……警察に話すつもりなの）

彼女の唇は、動かないのに意志を伝える。

「話すもんか」

ぼくの手に、力がこもった。ぎょっとしたように、清子さんがふり放そうとする。

「話すもんか！」

ぼくはくりかえした。「話す」か「放す」か、いっているぼくにもわからない。車いすが、きいっと悲鳴をあげて、ぼくはせいいっぱい、上半身をさしのべていた。

「そのかわり、キヨ」

自分の声と思えないほど、かすれている。

身のほど知らずなぼくは、一直線にキヨの唇へ、自分の唇を重ねようとしていた。

姿見がなくてよかった。興奮の去った今でさえ、その瞬間のぼくが、どんな顔をしたか見当がつかない。世にもいやらしい、けだものそっくりの面構《つら》えで、汚れた牙の間から、ダラダラとめどなくよだれを垂らしていたんだろう。

ふいに、清子さんの体がムチをあてられたように反《そ》って、とびすさった。その勢いで、スツールがころがる。はげしく手をふり払われたぼくは、だらしなくつんのめった。

「……いやっ」

たたきつけるような彼女の声が、けものとなったぼくの眉間を、したたか殴りつけて消えた。

ぬれそぼった庭土をけって、清子さんの姿は、となりの家にかくれた。

ぼくは、しばらくの間ぼんやりしていた。意味もなく、ぼくの視界に赤いものがゆれている。それはむろん、チトニヤ・スペシオサの群れだった。風もないのに、いくつかの花が、がっくりと首を折っている。

五分見ていたのか、五時間見ていたのか、そんなことは知らない。やがて気を取り直したぼくは、ばかばかしいほどの大声で、笑いはじめた。なぜって、どうしようもないくらい自分がみじめでこっけいだったもの。

できることならぼくは、今すぐ隣へ走って行って、清子さんにいいわけしたかった。

「そんなつもりじゃないんだ。ぼくが重箱の隅をほじくるようなことをしたのも、きみの秘密を知った上で、いっしょに守ってあげたかったからだよ」

そのせりふを口にころがしてみて、ぼくはますます自分が情けなくなった。大人の言葉を使うなら、こんなのがジコケンオというのだろう。

（バカヤロウ。ハジシラズ。オオクボキヨシ）[注6]

ぼくは、ぼくをののしった。しまいには、声に出して叫んだ。

「お前みたいな汚いやつ、死んじまやいいんだ」

それからまだ、なにかいおうとして口をつぐんだ。本立ての横に、薬ビンがころがっている。カネさんの忘れていった、睡眠薬だった。

(父はいない、母も死んだ)

ぼくは、そのビンを手にとった。つやつやと、中の薬の一錠ずつが魅力的に光っている。

(一生ぼくは歩けない)

ふたをあけると、ざらっと薬が手のひらにこぼれた。

(二度と清ちゃんは、きてくれないだろう)

ビンの中身を、のこらず片手にあけると、ほんの少し、手がふるえた。

(おまけに)

苦くて辛い笑顔をつくって、

(ぼくの小説ときたら、下手くそで読めたもんじゃない)

水さしからコップへ、なみなみとつぐ。これだけの薬をのむのは、ひと仕事だ。最後の仕事でもある。

(だけどここでぼくが死ぬのは、まるっきりむだじゃない)

ぼくは、自分でもあきれるほど、冷静に計算を働かせていた。「うねび号」事件ただひとりの生存者が自殺する。マスコミは大喜びで、さわぎたてるにちがいない。週刊誌の見

注6　昭和四十六年、車で若い女性に言葉たくみに声をかけ、八人を絞殺。史上まれにみる凶悪犯と言われた。

出しが、目に見えるようだ。

「孤独な少年、耐えられず自殺」

「うねび号最後の死者」

「少年は死によって訴える」

それは、清子さんやおばあさんが、林を殺したのとはべつの角度から、あの事件を批判することになるだろう。

(そうさ、むだ死にじゃないさ)

しょせん弱虫のいいわけかもしれなかったが、ぼくは氷のようにひえた頭の片すみで、その言葉をいく度となくくりかえした。

くりかえすことで、自分に暗示をかけながら、手のひらに山積みされた錠剤をみつめた。この白い扁平《へんぺい》な粒のどこに、人の命をうばう力があるんだろう。一錠をつまんで、そっと舌にのせてみた。ザラザラした感触とかすかな苦味、こいつを一ビンのめば死ねるそうだ。のどを通すのにいがらっぽいだろうな。ぼくは、清子さんの置いていった牛乳といっしょに流しこむことに決めた。死ぬのに、うまいだのまずいだの、贅沢なやつだ。

ぼくはひとりでクスクスと笑った。冬の身投げは風邪をひくからいやだと、くだらないジョークをとばした、ラジオのディスクジョッキーを思い出したからだ。

■おやすみ、ぼく

……雨あしが強くなったなぁ。

あれから何分たつのだろう。どす黒い庭の一角から、ほとんどおそいかかるような雨。ガラス窓を、ひとしきりゆすっては、また闇の中にかすれて消える。

部屋の明かりがぼんやりと、メキシコひまわりの花壇を照らす。赤いはずの花びらが、うすずみ色ににごって、深海の花園のように見えた。

……ぼくは、憑かれたように書きまくっていた。

キリコと、牧薩次が登場する三つの話はすでに脱稿している。だがぼくは、清子さんにも見せず、べつに長い文章を書きためていた。メモというには詳しすぎる。日記というにはよけいな形容が多すぎる。小説というには本当のことが多すぎる……

むろん、読者のきみにはおわかりのように、「密室殺人なぜで章」、それから、さっき書きおえたばかりの「真犯人はきみで章」のことだ。そしていま、夢中で書きなぐっているのが、プロローグにあたる「眉につばをつけま章」。

おぼえていますか、読者のきみ。ぼくが、奇妙な見得をきったことを。

「処女長編推理小説において、犯人を読者に求めようとしている……」云々。

そいつをこれから、証明しなくちゃね。だからぼくは、並行してエピローグのこの章を書いている。そしてきみは、読んでいる。

読者のきみの名は、いうまでもなく加賀見清子。

だってそうだろう。ぼくは死にあたって、この文章を机の上にのこしておく。おそくとも明日の朝までに、きみはぼくの死体を発見して、気がかりだった小説を読む。読まずにはいられないはずだ。

読めば、これがきみときみのおばあさんを告発する、致命的な作品であることがわかる。

当然きみは、この原稿を処分する。破ろうと燃やそうと、自由にしていいんだよ。

したがって、ぼくの読者は、あとにも先にも清子さんひとり。犯人のきみだけってことになる。

ねえ、リクツだろ？

そんなバカバカしい論理を通すために、「眉につばをつけま章」なんて、もっともらしいプロローグを書いたのかって、その通りだ。推理小説のたのしみには、多分にそのバカバカしさがふくまれると、ぼくは思う。いいかえれば、お遊びさ。

古今の名作にチャレンジして、読者イコール犯人物語の完成！　ぼくのはかないお遊びに協力して、ぜひとも原稿を始末してくれ。

日記ともつかず、小説ともつかず、遺書ともつかず……強いていうなら清子さん、読者のきみへのラブレター。

もう、のこされた時間は多くない。

ぼくは部屋を見まわした。

すべて整理はおわっている。動かぬ体に苦労しながら、やっとのことで下着をとりかえた。

それから、プロローグとエピローグを書きながら、根気よく牛乳をのんだけれど、味はほとんどわからなかった。冷静なようで、やはりぼくの精神は、どこかバランスを失ってるんだ。大人が酒でへべれけになるように、ぼくもぼくの決心に酔ってるんだ。ばかなぼく、哀れなぼく、寂しいぼく。

そうだ……ぼくは引き出しをあけて、きちんとたたんでおいたハンケチを取りだす。いつか清子さんの忘れていったハンケチだ。K・Kと、へたくそなぬいとりがしてある。ぼくはそっと、その赤い糸にふれてみた。それから、こっそりとハンケチをもちあげて顔に押しあてた。遠いどこかから、ただよってくる清子さんの匂い。

雨の音に、ぼくはあわててハンケチを顔から離した。あわてたつもりでも、ひどく緩慢《かんまん》な動作だった。そろそろ薬のきいてくる時間なんだ。

ぬれた窓ごしに、庭を眺めようとして、のろまな自分がおかしいほどだった。茎が折れている。寒気で弱ったチトニヤは、わずか数本をのこして、見るも無残に倒れ伏していた。もげた花がテラスに散って、秋はいま息絶えようとしているのだ。

たよりなげな光がゆれた。

隣の家から、だれかくる……清子さんだった。懐中電灯をふって、雨にぬれそぼった白い顔が近づいてくる。

(見つかったら、まずいな)

ぼくは心の隅っこで、そんなことを考えた。わけもなく、ぼくは疲れきっていた。たったそれだけ考えるのさえ、ひどくおっくうなんだ。

清子さんは、なにかしら異常な決意を秘めているらしい。

なんの用だい、清子さん。おばあさんを守るため、ぼくを殺して口をふさぐつもりなの。

ぼくは知らぬ間に、目を閉じていた。椅子のもたれによりかかって、体をいっぱいにのばしていた。

玄関のあく音がする。

もしかしたら……清子さんはさっき、ぼくの手をはねのけて、逃げ帰ったことを、あやまりにきたんじゃないのかな。

今度こそ清子さんは、あの大きな瞳をうるませて、おずおずと……ためらいがちに、両手でぼくのほおをはさんで、ｋｉｓｓしてくれるかもしれない。

なのにぼくは、口の中でぶつぶつとあぶくのようなひとり言をたのしんでいた。

（父さん……母さん……キヨ……うねび号……林一曹……）

風にまじって、庭で倒れる音。のこり少ないチトニヤが、また一本、緋と緑の死体を横たえたのだろう。

（チトニヤ……チトニヤ・スペシオサ）

ぼくも、かれらの仲間にはいるんだ。

廊下の足音が近づいた。

（清子……清子……清子……）

ぼくの手の中に、ハンケチがある。

（清子……清子）

なぜか一瞬、ハンケチのかもすあえかな匂いを嗅いだ。

（清子！）

「桂くん！」

おや、清子さんが呼んでいる。

ぼくは答えようとして、舌をもつれさせる。

「桂くん！　桂くんてば！」

だしぬけに、闇がのしかかる。

あとはすべて……無……

第三話・辻真先

「おい」

キリコの部屋へはいるなり、克郎がいった。

いつものキリコなら、

「甥は男性名詞でしょ、姪は女性名詞でしょ、しかるに私はキミの妹なんだから、もっと優雅に、万葉調なら『わぎもこよ』、英語でいうなら『マイ・ディア・シスター』、一般的には、キリコちゃん、とこう呼んでくれるまで返事しないからね」

と返事するにきまってる。

ところが今日は勝手が違った。ぼそっとして、窓外の枯れ木を眺めている。

「おい」

克郎が、もういちど呼びかけた。心配になったのだ。

「どこかぐあいがわるいのか」

わるけりゃ『医学事典』でも読め、といいかけてあれっと思った。ふりかえったキリコの目が、ほんの少しだけぬれているように見えたのだ。

「泣いてたのか」

「バカ」

キリコは、あわてたように立ち上がった。いくらかペースをとりもどして、

「ゆうべ二冊ばかし本を読んだからね。空を見てたら目が痛いの」

「へえ」

克郎が見まわすと、それらしい本が机にのっていた。『初恋』『オトコの子のハートをつかむために』

「へえ！」

思わず克郎が手をのばすと、今度はキリコも間違いなくあわてて、

「なにを読んだっていいでしょう。基本的人権に、読書の自由は……はいっていたっけ?」

「だれも叱ってねえぜ。先回りするなよ……ははあ」

克郎は、あごをなでた。剃りのこしたヒゲが二、三本ある。

「なにが、ははあよ。気にいらない笑い方ね」

「キリコ姫には、ご機嫌うるわしくねえな。察するところ、ジャガイモの君だね」

大して察しのよくない克郎が、ずばりと察するくらいだから、近ごろの薩次はへんだった。

へんといっても、ほかに恋人ができた様子はない。ただ、三日に一度は可能家をたずね

て、キリコの部屋に入りびたっていた彼が、このところ妙に縁遠くなった。

一週間に一度くるかどうか、きてもあまり話にのってこない。ふだんでもとろんとした目を、いっそう細くして、半睡半醒——眠ってるのか起きてるのかわからないほどだ。なにを考えてるのか知らないが、とにかく、なにか考えているらしい。

それがキリコについてでないことは、たしかだった。

かみつくかと思ったら、キリコは案外、素直にうなずいて、床に腰をおろすと、膝小僧をかかえた。

(よほどこたえているんだな)

めったに見せない姿だけに、克郎も弥次馬気分を捨てて、かわいそうになった。

「お前らしくないぞ。当たって砕けろ」

克郎は、無責任なハッパをかける。もっとも彼は、自分のモットーに忠実だ。会社の同僚、大学の後輩、喫茶店のウエイトレス。イカスと思うと、発作的にプロポーズする。その結果は、って? いうまでもないだろう……いまだに独身なんだから。つまり、当たって砕けっぱなしなのである。

「兄貴みたいにはゆかないわ。私、女の子よ」

これまたスーパーらしからぬ、殊勝なせりふだった。

「女の子ねえ……」

それには違いない。

「くそっ。またどこかにコロシでも起きねえかな。そうすりゃ、いっしょに探偵ごっこができるんだ」

克郎が、物騒なことを口走ったとき、お母さんの声が聞こえた。

「キリコ、お友だちよ」

「だれ」

スーパーは、はっと腰を浮かす。おかしげに答えるお母さんの声。

「きまってるじゃない」

「ジャガイモね！」

嬉しそうに笑ったキリコは、親友を迎えるために、廊下へとび出した。すぐ足音が聞こえて、のっそりと薩次が顔を出す。彼に関しては、お母さんの関所はフリーパスである。

「やあ」

今日の薩次は、なんだか照れてるみたいだった。

「よお。しばらくだね」

克郎が、親愛の情をこめて手をあげた。

「あ……ちょうど、よかった」

「ちょうど？　おれに用か」

克郎はふしぎそうな顔をすると、キリコは不満げに、

「なによ、薩次くん、兄貴に用なの」

「うぅん。はじめはきみに、読んでほしいけど……でもお兄さん、書くのが本職だろう?

あとで目を通してほしいから」

いいながら薩次は、小脇にかかえていた紙袋から、分厚い原稿をひっぱりだした。

「これ、なあに」

キリコが、目を丸くする。

「へへ」

薩次は、ごしごしと頭をかいた。

「ぼくの、小説」

「えっ」

「書きおわったんだ、やっと」

克郎とキリコは、顔を見合わせた。百枚以上はある……そうか、ジャガイモくんは、この小説と取り組んでいたのか。

「ふうん。だからきみ、顔を見せなかったんだね」

キリコのたずねたいことを、克郎が聞いてくれた。

「はあ」

「いったい、どんな小説よ」

(そんなもの書いてるなら、ひと言話してくれりゃいいのに)

そう思いながら、キリコがのりだす。

「推理小説」

「へえ!」

「ほら……マンガ家の事件や、イナテンの事件。あれを参考にして、こしらえてみたんだ。読んでくれるかい」

「もちろんよ」

キリコはいそいそと、原稿を手に取った。これが、ジャガイモの疎遠《そえん》になった原因か。

「ようし、酷評してやるぞ」

「ぜひ、そう願うよ。へたくそでさあ、わるいけど」

「そんなことは、わかってます」

第一ページ目に記された、作者の名を見て、キリコはたずねた。

「辻真先《つじまさき》……きみのペンネームね」

「うん」

「さっそくやったな、アナグラム」

牧薩次。マキ・サツジの文字を入れかえれば、ツジ・マサキだ。

「あまり、いい名じゃないわ」

文句をつけながら、キリコは、ばさっと原稿をひろげた。読むことにかけたら、キャリア十分の彼女である。

冬の日ざしを背にうけて、彼女はたのしげに黙読をはじめた。

「ヘェー。よほどきみは推理小説が好きなんだね。ありがとう、よくまあぼくのこんなヘタクソな話を、読む気になってくだすった。感謝するよ。……」

解　説

桂　真佐喜

本作は辻真先がはじめて書いた長編ミステリです。初版の上梓は昭和四十七年一月でした。それ以前、まだ彼がＮＨＫのテレビ局に在籍していたころ、大衆雑誌〝傑作倶楽部〟に短編『悪魔の画像』を載せたり（いわゆる内職ですね。昭和三十年代中ごろとしか、本人も記憶にないようです）、脚本を書きはじめてからは、旧『宝石』の新人二十五人集に昭和三十八年、三十九年と選ばれていますが、当の『宝石』誌が休刊、アニメの脚本業が多忙になったため、ミステリと縁遠くなったようです。これらは五十枚前後の短編ばかりでした。

昭和四十年代も半ばをすぎ、朝日ソノラマで若年層向きに企画されたハードカバーの〝サンヤングシリーズ〟の執筆者のひとりになってから、ようやく長編を書くようになりました。といっても、はじめのうちはノベライズやファンタジー系で、中には石ノ森（当時は石森）章太郎さん原作の『佐武と市捕物控』のようにミステリ風味が濃い作もありましたが、長編に自信のなかった辻はこれまた短編連作の形で発表しております。そうした試行錯誤の末、本作にたどり着いたわけですが、短編の積み重ねという苦し紛れの構成はおなじでした。

――あのころ、中高校生を対象にした国産の小説本は、皆無といってよかったでしょう。マンガの単行本が一流書店に飾られるようになるのは、まだずっと先のことでした。ようやくテレビアニメが活気を帯びてきた程度で、テレビゲーム？　インターネット？　そんなモンあるわけないだろ！という時代でありました。若い人たちは童話やおとぎ噺《ばなし》、児童文学の狭間《はざま》で憮然《ぶぜん》とするばかりですが、それでいて大人は決まり文句をいったものです。

「今の若い者は活字に親しもうとしない」

当たり前だろと、辻がぼやくのを聞いたことがあります。

「戦前の大作家、吉川英治、江戸川乱歩、大佛次郎たちが少年少女向きに、堂々たるエンタテインメントを書いていたのに、戦後はだれもいやしない。松本清張や山本周五郎、柴田錬三郎などの巨匠の、どんな力作が若者向けにあったというんだ。ないものを読めというのか、大人たちは」

たしかにジャンルをミステリに限っても、使い古された謎、手垢のついた物語、大時代な描写の堆積では、若い人の読書意欲を満たすような〝活字〟が、あまりに乏しいと思われました。

今の目で〝サンヤングシリーズ〟の作家陣を眺めると、まことに新鮮なメンバーが並んでいます。井上ひさしさんの小説第一作『ブンとフン』、小林信彦さん（当時は中原弓彦の筆名でした）の『怪人オヨヨ大統領』をはじめとして、加納一朗さん、都筑道夫さん、平井和正さん、光瀬龍さん……梶原一騎さん、神保史郎さんのような劇画原作者の顔もありました。その中にまじって辻もミステリを書いたわけです。

シリーズの売れ行きは、必ずしも芳《かんば》しくなかったと思います。少なくとも私は、辻が書いた本を東京の書店で見たことがありません。本人によれば、彼が自作を書店で発見したのは、四国の阿波池田《あわいけだ》（そのころから彼はよく旅に出ていました）駅前商店街のホンヤだったといいます。文房具の売り場の方が大きい書店？　であったとか。ホンヤさんとしても、並べるスペースに苦慮したことでしょうね。童話じゃなし、児童文学でもなし。

それでもシリーズの後を承ったソノラマ文庫は、今にいたるまで同社の大きな財産となっているようで、『仮題……』も昭和五十年に文庫化されています。廉価の軽装版という体裁がよかったのか好評だったようで、スーパー、ポテトを探偵役に据えて『盗作・高校殺人事件』『改訂・受験殺人事件』……と、シリーズ全六作を続けられたのですから、そこそこ売れたのではないでしょうか。

もっとも辻は『仮題……』の出来について、長らく懐疑的でした。テレビの演出家からアニメの脚本家に転身した彼に、文学的素養などありません。映画やマンガは戦前から接していたにせよ、小説と名のつくものはなにを読んだか。英治、乱歩をはじめ、海野十三の科学小説（SFという言葉はまだありません）、野村胡堂の伝奇小説、横溝正史の探偵小説が中心で、世界の名作にはほとんど無知であったと思われます。シナリオの勉強は中学時代からはじめていますが、文章修業は一度もしたことがないはずで、台詞やト書は書けたとしても、文章による描写はコンマ以下でした。

『仮題……』の主軸となった犯人＝読者の趣向にしても、すでに手痛い批評を被っています。旧『宝石』の中編推理小説コンクールに類似のアイデアで応募したのに、審査員にまったく認めてもらえませんでしたから。「筆が滑りすぎる」といった評をもらったことだけ、本人は覚えています（このとき受賞したのは、斎藤栄さんです）。

ああそうか、こんな羽目を外した発想は、大人の読者は受け付けてくれないのか。赤提灯の下でグチをこぼす辻を見たことがあります。

でもせっかくの着想に未練がのこったのでしょう、大人はダメだが子供なら喜んでくれるかも、と思ったようです。現に辻は、テレビで制作演出した『ふしぎな少年』の、時間を止めるアイデアが、上司にはわかってもらえず、子供たちが歓迎してくれた——という体験の持ち主でした。それなら犯人＝読者という稚気まんまんの設定を、若い読者は受け止めてくれるかもね……。

その程度の気構えだったので、ミステリの識者からまともに評価されようとは、夢にも思っていませんでした。むろんアニメの仲間から、いくつかの感想はもらいました。

「アイデアの詰め込みすぎ」

「もったいない」

「小説というよりシノプシスだな」

まあまあ納得のゆく意見だったようです。

辻自身は、それで終わりと思っていたのに、たまたま書店で慶応義塾大学推理同好会(この名前、間違っていたらごめんなさい。もう彼の手許にも本がないそうです)編集の、ミステリ読本的な新書を手にしたら、「犯人が読者というミステリがある」と、『仮題……』を紹介していたので仰天したそうです。

「感動というより、ビックリが先に立った」

と彼も、正直なところを述べています。

本来なら三拝九拝すべきなのに、眉に唾をつけたい気分だったとは、ミステリ作家辻の自信のなさに呆れさせられます。

その後になって、朝日新聞紙上や雑誌『ポパイ』で取り上げられ、やっと彼の唾も乾いてきた様子でした(書いてくださったのは、東京創元社——現在のこの本の版元——の戸川安宣さんだったと、はるか後になって辻は伝え聞いています)。してみると、自分で思っているほどヒドイ作ではないらしいと、胸撫で下ろせるようになりました。あの評がなかったら、辻真先はとっくの昔にミステリの筆を折っていたことでしょう。彼に代わって感謝するばかりです。

とはいえ彼のミステリ好きには年季がはいっております。前記した通り幼少のころから、乱歩、正史、十三をはじめ、甲賀三郎、大下宇陀児、小栗虫太郎、木々高太郎、蘭郁二郎などを乱読していましたし（角田喜久雄は伝奇小説作家として愛読したとか……）、戦後すぐ同郷の山村正夫さんの早いデビューに刺激をうけて、短編の推理小説を書いたといっています。旧制中学のころですから児戯にひとしい作であったでしょうが、彼にとって幸いなことに、原稿はとっくに紛失しています。藁半紙《わらばんし》（なんのことかわからない読者は、辻が書いた『悪魔は天使である』を読んでやってください）にガリ版で罫を引いた原稿用紙に鉛筆書きでは、たとえのこっていても読めたものじゃないでしょうが。停電が日常のことだった時代を背景にトリックを考案したそうですが、本人もそれ以上は思い出せないので、幻の処女推理小説であった、とだけ記しておきましょう。

小説はそんなざまでしたが、本腰入れていたシナリオの方では、けっこうミステリっぽいものを書いていました。名古屋在住のため通信教育のシナリオ塾生でしたが、おぼろな記憶をたどれば、橋本忍、佐藤忠男といった人たちが生徒の名にまじっていたようです。

身辺のスケッチ的作品と、ミステリドラマを交互に書いたのですが、圧倒的に後者の方が講師陣には好評でした。北川冬彦、飯島正、滋野辰彦、伊丹万作とならべれば、ご承知の読者もおいででしょうか。

ミステリ第一作の『炎』では女流ピアニストの犯人が、すべての復讐をなし遂げてから、燃えるわが家の中で息絶えるまでピアノを弾き続けるラストシーンだけ、覚えているとやら。第二作の『犯罪のある風景』では、復員軍人（敗戦で武装解除され引き上げてきた兵士のこと）が探偵役として、生まれ育った愛する農村に起きた連続殺人事件と取り組みます。だが謎解きの場面では、村人大勢を集めた上で、犯人は自分だと名乗りをあげ、伏在する動機を明らかにして、結果として村人たち全員を告発するに至ります。敗戦直後ならではの設定を本人も気に入っているようですが、細部を問い詰めると「忘れた」というお粗末さで、どの程度の出来ばえであったか見当がつきません。

だがとにかく講師の推薦を受けて、ホンは新東宝という映画会社に送られました。そのころ乱歩原作の『パレットナイフの殺人』、『氷柱の美女』（原作の名前、わかりますか？）だの、正史原作の『蝶々殺人事件』だの（あれ、『……失踪事件』だったかな？　辻の健忘症が伝染した……）、ヴァン・ダインの有名長編をパクった『薔薇屋敷の惨劇』だの、映画オリジナルの多羅尾伴内シリーズだのが封切られていたころなので、あわよくばと思ったのですが、けっきょく企画にあがった気配はなく、原稿も返却されず――で、これまた幻のミステリ脚本となったようです。なにせ肝心のブツがないのだから、どのレベルの作であったか迷宮入りという他ありません。

どうやら辻は、ミステリは好きだが小説を書くことは終生あるまいと、自分を定義していた気配です。その代わりテレビや舞台では、推理趣味横溢《おういつ》の作品に積極的にかかわろうとした形跡があります。たとえば辻がはじめて書いたテレビドラマは、『乱吉くんと遺産過多症』というミステリ・コメディでした。

島田一男さん原作とクレジットされましたが、実際には辻のオリジナルでした。もう時効だからいいだろと、彼が安請け合いしたのを真に受けて書きます。生放送しかなかったころのテレビドラマは、読者の想像を絶する綱渡りの連続でした。映画のような編集はきかず、すべてがリアルタイムで制作され、同時に放映されておりました。Aの場面からBの場面へ話が飛んでも、タレントがワープできない以上、セット間の移動、衣装替え、メイク直しなどの時間を、脚本の中に見繕っておかなくては放映不可能です。のちに『事件記者』で名テレビライターとなった島田さんも、この時点ではテレビ初体験だったのでしょう。すでにフランキー堺、小沢昭一などキャスティングは終わっていたのに、台本が全く使えないことがわかりました。本読みは翌日の夕刻！

「さあどうする？」

「辻に頼め」

「あいつはテレビの現場を掛け持ちしながら、内職をしているぜ」

「間に合うのかよ」

「それなら筆も早いだろう」

といった会話があったかなかったか、四十五分のドラマを今すぐ書け、ということになりました。まだコピー機のない悲しさで、出来た台本をガリ版印刷する時間が必要なのです。主なキャストは決定ずみなのでそれに合わせて、しかもできるだけ島田一男さんの味を出すという……もちろん辻にはアシスタントを務める他の番組があります。そのリハーサルの合間を縫って書き上げ、放映は好評でした（視聴率のない時代ですが、外部に委嘱したモニター報告が届くのです）。このときの仕事に比べると、先年彼が書いた推理作家協会の文士劇は、ずっと楽だったと本人はうそぶいていますが、本当かどうか。

ほかにも昭和三十年代に、辻は坂口安吾の『不連続殺人事件』を脚色して、はじめての推理劇を上演しています。主役の名探偵巨勢博士には、東京放送劇団の若手、関根信昭さんが扮し、美術に山藤章二さんの名前があります。一橋講堂での公演パンフレットを見ると、乱歩さんの寄稿文まであって懐かしい限りです。制作演出したのが松本守正さんで、はるか後の文士劇も彼が制作を担当してくれました。

推理劇については一時文学座に籍を置いた山村正夫さんも熱心で、その名も宝石座と銘打って、なん本かの舞台公演を試みました。笹沢佐保さんに話を書き下ろしてもらい、辻が脚本に参加した『落日への帆走』など、いい思い出なのですが――残念なことに活字と違って後にのこらない舞台は、時代の風に後押しされない限り、おいそれと世評にのぼりません。ホンの練りが不足したせいもあるのでしょう。

それでも辻にとって推理劇は、魅力ある分野だったようです。銀座のみゆき館劇場で、『天使の殺人』『幽霊の殺人』『人形の殺人』と上演されたことがあります。『人形の殺人』は趣向があまりに舞台的なので、今後も小説化されることはないでしょうから、客席にいた者として触れておきます。制作はやはり松本さんで、演出はＮＨＫ『日曜名作座』で長らく演出を担当し、旧『宝石』の寄稿者でもあった上野友夫（川野京輔）さん。人形とはロボットのことで、富裕層のオーダーメイド品であるロボットが、人間社会から疎外されてゆく時代の殺人事件。探偵役を演ずるのは、人間によって五体バラバラにされ、首だけとなった美女ロボット――という設定でした。謎解き場面も数々ありますが、首だけの探偵というのは珍しいだろうと、辻が威張っておりました。

子供のころ好きだったモノを片端から仕事にしてしまった男ですが、推理劇に関してはまだいくつかやりのこしたようで、今後とも機会があれば挑戦したいと、年甲斐もないことをいっています。

と、ここまで『仮題……』の解説というより、私の知る辻の過去のミステリの軌跡について語ってきました。が、冒頭に記したとおり、この作品は三十年以上前に発表されたものですから、細部に理解しにくい箇所が出て参ります。

「いまの読者に不親切だぞ」

といってやりますと、

「歴史的風俗的に三十年前の日本がわかっていていいだろ」

無責任なことを申します。要するに面倒くさいのでしょう。本文中でも『オオクボキヨシ』なんて、注釈抜きでは理解不可能ですから加えてありますが、それ以外はできるだけ原型を崩さなかった――と、本人は弁解しております。

それはそれで一理あるといえますが、解説のページで多少の説明をいれておくのが、ベターではないかと思い、私の責任において書き添えることにしました。本文でオヤと思われた方のため、少しでもお役に立てば幸いです。
○カタカナが多い
読み返して呆れるのは、カタカナの多いことです。まだワープロを導入する前なので、できるだけ楽に原稿を書きたかったのですね。
○小池一雄
その後「一夫」に名を変えておられます。
○東西大
辻の作品に頻出する大学で、これが初登場でしょう。

学長は東京太郎、息子が辻ミステリの探偵のひとり、秀介。辻作品のレギュラーには、この大学の出身者が大勢いるようです。

○ミルクやビギ

表参道がいまみたいに華やかなファッションストリートになる以前、先駆的店舗として登場しました。ＤＩＧＤＩＧという店もあったような。

○コボタン

その名のモデルは、新宿二丁目にあったマンガ喫茶。いまのようにマンガ本がならんで、黙々と読みふけるスペースではありません。まだ少数派だったマンガファンが、侃々諤々《かんかんがくがく》のマンガ論を戦わせる場所として機能していました。手塚先生が『バンパイヤ』のパイロット版を上映して若い客の感想を聞いたり、池上遼一さんのマンガ原作を書いていた辻が池上さんや『少年キング』の編集者と毎週打ち合わせたり……いっときマンガファンの梁山泊《りょうざんぱく》であった店の名を、作品のどこかに残したいと思った辻の、場違いな感傷ですね。

○山辺

可能克郎の後輩にあたる〝夕刊サン〟の記者でしたが、『サハリン脱走列車』を読むと、上司に反抗して稚内《わっかない》の小さな通信社に移っていったようです。

○私にも殺せます

富士フイルムのＣＭで『私にも写せます』というのがありました。

○川棚温泉駅

三十年の間に『温泉』と名のつく駅がずいぶん増えました。芦原《あわら》温泉、武雄《たけお》温泉、加賀温泉、戸狩野沢温泉、あつみ温泉、湯瀬温泉……。

まだありそうですが、解説というより注釈になってしまいそうなので、やめておきます……あ、もうひとつ思い出しました。辻が最初にテレビのミステリコメディを書いた話はしましたが、そのときのクレジットは、津治眞佐喜の予定でした。それでは余りに本名そのままの発音なので、社内ライターにギャラは出さないぞとプロデューサーに叱られ、実際に放映したときは『桂真佐喜』に改名しました。ときすでに遅く、著作権課はちゃんと辻が別名で書いたことを把握していたので、けっきょくタダ働きとなっております。

可哀相な『桂』の名は、そののち『エイトマン』『スーパージェッター』などで使われましたが、やがて『辻真先』に統一されてゆきます。旧『宝石』新人二十五人集や童話のペンネームで使われたことはあっても、長らく未使用のまま。『迷犬スペシャル　銀河鉄道の朝』の解説役に起用されたのが、目ぼしい活躍だった程度です。今回の『仮題……』解説という大仕事？　を花道に、『桂真佐喜』は永遠に退場してゆくのではないかと思われます。これもまた三十数年という歳月がもたらした、辻真先の感傷のひとつかも知れません。

検印
廃止

著者紹介　1932年愛知県生まれ。名古屋大学卒業後、NHKを経て、テレビアニメの脚本家として活躍。72年『仮題・中学殺人事件』を刊行。82年『アリスの国の殺人』で第35回日本推理作家協会賞を、2009年に牧薩次名義で刊行した『完全恋愛』が第9回本格ミステリ大賞を受賞。19年に第23回日本ミステリー文学大賞を受賞。

仮題・中学殺人事件

2004年4月9日　初版
2013年9月6日　5版
新装新版　2023年4月28日　初版

著者　辻《つじ》　真《ま》先《さき》

発行所　(株)東京創元社
代表者　渋谷健太郎

162-0814/東京都新宿区新小川町1-5
電話　03・3268・8231-営業部
03・3268・8204-編集部
URL　http://www.tsogen.co.jp
暁印刷・本間製本

乱丁・落丁本は、ご面倒ですが小社までご送付ください。送料小社負担にてお取替えいたします。

ISBN978-4-488-40519-9　C0193